**Prix du...
des lec...**

Ce roman fait partie de la sélection 2017 du
**Prix du Meilleur Roman
des lecteurs de POINTS !**

D'août 2016 à juin 2017, un jury composé de 40 lecteurs et de 20 libraires, sous la présidence de l'écrivain Alain Mabanckou, recevra à domicile 12 romans récemment publiés par les éditions Points et votera pour élire le meilleur d'entre eux.

Ciel d'acier, premier roman de Michel Moutot, a remporté le prix en 2016.

Pour tout savoir sur les livres sélectionnés, donner votre avis sur ce livre et partager vos coups de cœur avec d'autres passionnés, rendez-vous sur :

www.prixdumeilleurroman.com

Mathieu Menegaux est né en 1967. *Je me suis tue* est son premier roman.

Un fils parfait
Grasset, 2017

Mathieu Menegaux

JE ME SUIS TUE

ROMAN

Bernard Grasset

TEXTE INTÉGRAL

ISBN 978-2-7578-6009-0
(ISBN 978-2-246-85612-2, 1ʳᵉ publication)

© Éditions Grasset & Fasquelle, 2015

« *C'est propre, la tragédie. C'est reposant, c'est sûr... Dans le drame, avec ces traîtres, avec ces méchants acharnés, cette innocence persécutée, ces vengeurs, ces terre-neuve, ces lueurs d'espoir, cela devient épouvantable de mourir, comme un accident. Dans la tragédie on est tranquille. D'abord, on est entre soi. On est tous innocents en somme ! Ce n'est pas parce qu'il y en a un qui tue et l'autre qui est tué. C'est une question de distribution. Dans le drame, on se débat parce qu'on espère en sortir. C'est ignoble, c'est utilitaire. Là, c'est gratuit. C'est pour les rois. Et il n'y a plus rien à tenter, enfin !* »

Jean Anouilh, *Antigone*

1

La porte vient de se refermer derrière moi. J'attends le claquement coutumier du verrouillage électronique, et voilà. Je suis tranquille, jusqu'à demain matin, 7 heures. Tranquille, façon de parler : il suffit de faire abstraction des plaintes des nouvelles arrivées, du grincement des œilletons qui coulissent et des éclairs de lumière dans la cellule toutes les trois heures. D'en face, du grand quartier des hommes, me parvient le raffut angoissant et obsédant du bâton des surveillants qui tape et retape méthodiquement sur les barreaux des fenêtres avant la nuit, pour s'assurer qu'ils n'ont pas été sciés. Routine de l'administration, qu'elle applique avec zèle. Pas vraiment une berceuse.

Avec moi sont enfermées une centaine de prévenues, mais je suis seule. Très seule. *Cette solitude, si dure et si rude, qu'on peut la toucher*. Seule et folle. Qui pour me comprendre ? Personne. Qui pour me pardonner ? Personne. Qui pour me juger ? Toutes et tous. Le peuple souverain est en train de le faire, et à coup sûr va me condamner. Il y a trois femmes parmi les six jurés populaires, mais je n'attends d'elles nulle « solidarité féminine ». Dès l'ouverture du procès j'ai été frappée par leur teint, qui n'a pas cette couleur de papier mâché que nous avons toutes, ici, après quelques semaines, comme si les murs déteignaient sur notre peau. J'avais oublié qu'on pouvait avoir bonne mine.

Quant à la cour, qui parade au centre de l'estrade, elle est présidée par un homme, dont la robe d'apparat rouge est bordée d'hermine, signe ostentatoire de pouvoir. Il est entouré d'un homme et d'une femme, ses deux assesseurs, en robe noire. Hommes ou femmes, jurés populaires ou magistrats, experts ou témoins, spectateurs ou commentateurs, peu importe, de toute façon. Tout ce beau monde, face à moi, m'a condamnée dès que je me suis installée dans le box, avant même la lecture de l'acte d'accusation. Je suis entrée dans ce procès sans aucune chance d'en sortir libre.

Voilà deux ans déjà que je suis enfermée dans ce quartier de femmes. Ma vie s'est résumée à des visites au Palais de justice pour les besoins de l'instruction et aux discussions avec mon avocate. Je ne peux pas descendre travailler avec les autres filles, ce serait trop dangereux pour moi. Le reste ? De longues périodes d'attente, ponctuées qu'il pleuve ou qu'il vente de mornes promenades, quelques pas quotidiens dans une cour exiguë où il faut se forcer à ne pas tourner dans le même sens. De fouilles impromptues en douches communes, apprendre à oublier sa pudeur, son intimité et sa féminité. Attendre. Conjuguer le verbe attendre, à tous les temps. J'ai passé ces deux années à attendre. À attendre que la justice accélère enfin pour que démarre mon procès, à attendre que tombe le couperet, la sanction que j'appelle de mes vœux, histoire d'expier enfin en paix et de tenter de redonner un sens à ma vie. Naïve, je croyais encore aux fadaises du catéchisme, à l'éventualité d'une rédemption après la punition.

Mais c'est fini. Je n'ai plus à attendre. Après aujourd'hui, je sais qu'il n'y a plus rien à reconstruire. Les murailles de Jéricho sont à terre. Il ne reste que ruines et gravats. J'ai tout gâché, seule, et tous les châtiments du monde n'y pourraient rien changer, il n'y a pas de rachat possible. Alors ce soir c'est décidé, c'est la belle. *Je me ferai la belle.* Et au matin, je serai libre, enfin. Je vais retrouver mon identité, je vais redevenir Claire. Fini le numéro d'écrou 13776. Terminé le « Beyle, parloir », le « Beyle, fouille de la cellule » ou le « Beyle, transfert ». Entre ces murs, ni courtoisie, jamais de « Madame », ni prénom. Ici règne en maître l'impersonnel : je ne suis plus que mon nom de famille. En l'occurrence, ce n'est pas même le mien, mais celui d'Antoine, mon mari.

C'est décidé, je vais faire le mur, donc. Tout est prêt. Je vais franchir les murs d'enceinte sans échelle, sans grappin, sans draps noués, je vais voler au-dessus des fils de fer barbelés sans ailes, disparaître sans trucage, m'évanouir sans arme, sans haine, ni violence. Demain matin je pars. Dès que j'aurai fini de noircir ces pages sur mon lit à barreaux, et de les mettre en ordre. Je vais pouvoir oublier, enfin. L'écriture est la dernière étape de mon chemin de croix. Je ne compte pas revenir au troisième jour. Ils ne me reverront pas.

Écrire. J'avais déjà commencé à rédiger des pans entiers de mon histoire en attendant l'ouverture du procès, c'était une façon pour moi de me préparer à cette épreuve et de sortir pour quelques instants de ma posture mutique. Je ne pensais pas avoir à terminer si vite. Mais il le faut. Parce que avant de passer de l'autre côté, je veux pouvoir me défendre. Me défendre n'est probablement pas la bonne expression. Je suis confuse, j'ai du mal à trouver mes mots. Me justifier ? Comment justifier l'injustifiable ? Expliquer ? Expliquer, oui, c'est ça. *Il est temps à nouveau* de dire la vérité, toute la vérité, rien que la vérité. Le poids écrasant de la culpabilité m'a ôté l'envie et la force nécessaires, qui m'auraient permis de me défendre, ces derniers jours, au procès. J'aurais pu m'en sortir, là encore.

À présent, je veux livrer mon témoignage dans sa totalité. Puisque la justice tient tant à la vérité, je vous la confie. Je reprends tout, depuis le début. Lisez-moi, qui que vous soyez, la surveillante, le directeur, le président de la cour d'assises de Paris ou un journaliste. Je reprends tout, pour vous, depuis le début. Lisez-moi. Vous êtes ma dernière conversation avant que je disparaisse.

Adieu. Dites à Antoine que je lui demande pardon. Du fond des 21 grammes de mon âme. Il est vain d'attendre ton pardon, Antoine, je le sais. Tu as toutes les raisons de me le refuser. Arrogante, je n'ai pas eu l'humilité de te faire confiance. Suffisante, j'ai voulu m'en sortir toute seule. J'ai été orgueilleuse, stupide et indigne. J'ai aujourd'hui, enfin, la force d'écrire. J'écris pour moi, pour m'évader, non pas en paix, ce serait impossible, mais soulagée du poids de mon silence. J'écris pour toi, Antoine. J'écris pour que tu comprennes et que tu cesses de me haïr. Et j'écris pour vous, policiers, citoyens, magistrats, journalistes, prompts à embastiller en prétextant la recherche de la vérité. Vous la voulez, la vérité ? Lisez.

J'ai choisi la mauvaise route. J'avais espéré qu'elle nous mènerait au bonheur, Antoine et moi. Ce n'est qu'une fois engagée sur cette route que je me suis aperçue qu'il n'y avait pas de sortie. Même cela, ce n'est pas vrai. Les sorties, je les ai toutes ratées, l'une après l'autre. Si bien que la route est devenue une *Highway to Hell*.

Encore une chanson. Toutes les situations de la vie, des plus gaies aux plus noires, des plus courantes aux plus improbables, ont été décrites en chansons. Alors que je suis incapable de me souvenir d'un film ou du détail des personnages d'un livre, j'ai développé avec le temps une incroyable mémoire musicale. Cet amour des chansons remonte *du plus loin qu'il m'en souvienne, lors j'avais quinze ans à peine*. J'ai toujours écouté de la musique en travaillant, en me promenant, en me levant, en me couchant, quand j'avais le cafard, quand j'étais heureuse. Je chantais ce que je pensais. Je me souviens ainsi d'avoir quitté un garçon, à dix-huit ans, attablée avec lui dans un café, en fredonnant *I don't need you any more, you're nothing*. Il m'a demandé en riant, insouciant : c'est vrai ? Et j'ai répondu oui. Il n'y avait rien à ajouter. Je ne l'ai jamais revu.

Les chansons ne m'ont jamais déçue ni trahie. Combien de fois ai-je écouté ou fredonné ce que je n'arrivais pas à formuler ? Elles m'ont toujours accompagnée et c'est peut-être grâce aux chansons que la solitude m'a été moins pesante. Cette nuit, derrière ma porte électroniquement close, je chantonne encore pour me donner du courage.

Assez tergiversé, il ne me reste que quelques heures pour mettre un point final à mon histoire.

Je reprends.

2

Tout a commencé un samedi soir, en hiver. Un de ces hivers interminables et mornes, où Paris semble ne jamais émerger de son gris, où les feuilles sont tombées si vite des arbres qu'on en a oublié les couleurs de l'automne. Je venais d'avoir quarante ans. Les hommes me regardaient dans la rue, juste assez pour que je me sente encore attirante. Ce soir-là, Antoine et moi, nous avions un dîner. Un de ces dîners d'affaires fastidieux, passage obligé de sa carrière. Je n'avais aucune envie d'y aller, je n'étais pas d'humeur à supporter Vincent et Chloé, leur famille parfaite, leur conversation assommante et leur cuisine sophistiquée. Mais Antoine insistait, c'était important pour lui. Pour que je l'accompagne, il me promit que nous partirions tôt, et je finis par céder.

Je me suis attardée devant mon placard et dans la salle de bains, j'ai pris tout mon temps pour me préparer et me maquiller, histoire d'avoir l'air moins fatiguée devant l'associé d'Antoine. En réalité, si je n'avais pas envie de le voir, c'est à cause de son air épanoui. Il apparaît heureux, quand je ne le suis pas. J'ai tout pour être heureuse pourtant, me répétait ma mère lors de notre déjeuner hebdomadaire. Oui, insistait-elle, j'avais tout pour nager dans la félicité : un mari prévenant, beau et fidèle, en tout cas à sa connaissance… J'avais un boulot passionnant. Je vivais dans un bel appartement, et nous avions la chance de pouvoir voyager.

Alors, ne pas avoir d'enfants d'Antoine, ce n'était pas un drame décrétait ma chère mère. Si je me gardais de lui répondre directement, une voix criait au fond de moi : « Mais si, c'est un drame, maman. C'est un drame qui me ravage, qui me ronge, une obsession qui m'envahit, une tragédie qui provoque des crises de larmes dès que je suis seule et fatiguée, ou que je croise un ventre rond, un landau ou une tête blonde. » Je gardais pour moi ces jérémiades, et donnais à ma mère le sentiment de m'avoir un peu réconfortée.

Le problème venait d'Antoine. L'asthénospermie, ça s'appelle. De cocktails vitaminés en exercices quotidiens, de cures d'oligoéléments en visites chez des guérisseurs tantriques, Antoine avait essayé à peu près tout. Mais ni la science ni les gris-gris ne pouvaient quelque chose pour redonner l'allant nécessaire à ses indolents spermatozoïdes. Cinq tentatives successives, toutes infructueuses, de fécondation in vitro avaient achevé de nous désespérer. Même à distance réduite de mes œufs, ses gamètes n'avaient pas la force de percer la membrane. Alors nous avions fini par abandonner. Une vie sans enfants, n'était-ce pas formidable ? La liberté, les projets à deux, la folie, la passion sans le train-train, nous réussirions, nous, à nous réinventer sans cesse.

Mais voilà, tout le temps que cette incapacité de reproduction nous avait laissé, Antoine comme moi l'avions mis à profit pour notre carrière. Belle liberté que celle de travailler toujours plus, de progresser, de gravir les échelons plus vite que les autres, pour s'écrouler le soir devant une série américaine. Nous perdions notre vie à la gagner.

Malgré nos efforts pour sortir, partir en week-end, et avoir une vie sociale, l'absence d'enfant nous pesait et la vue de ces poussettes partout dans Paris, de ces couples épuisés avec un petit endormi dans le landau, un autre debout sur la planche et le troisième entre papa et maman, nous déprimait à chaque fois. Nous enviions leurs traits tirés, leurs nuits sans sommeil, leurs préoccupations quand une dent pousse, les courses, les couches, tout, pendant qu'eux nous regardaient à leur tour, envieux de notre liberté, sans doute…

Nous nous écroulions. Nous nous décomposions. Une vie sans enfants, ce n'était pas formidable. Ce n'est pas une vie. L'adoption, nous n'en voulions pas. C'est la chair de notre chair que nous désirions. Nous voulions laisser un héritage, une trace de notre passage sur cette terre, pour rendre moins difficile la perspective de la mort, et ne pas voir chaque jour qui passe comme un pas de plus vers la tombe. Nous avions arrêté les traitements, mais au fond nous continuions vainement d'y croire. Nous étions partagés entre secret espoir et définitif abandon, chacun de son côté, sans oser en parler. L'un comme l'autre tristes et mélancoliques, mais ensemble résignés.

Alors pour ce dîner chez Vincent et Chloé, avec leurs chères têtes blondes qui viendraient dire bonsoir madame, bonsoir monsieur, et me donner envie de pleurer toutes les larmes de mon corps, je n'allais pas me presser. Comme prévu, Antoine me fit une scène dans la voiture. Il n'a jamais supporté d'être en retard. Il y a des hommes qui ont perdu des jours, des semaines ou des mois à attendre des femmes au restaurant ou au pied d'un immeuble. Moi, j'ai passé des années à attendre des trains debout sur le quai, des avions dans l'aérogare, juste devant la porte d'embarquement, à devoir regarder toutes les bandes-annonces et toutes les publicités au cinéma avant le démarrage du film, et à arriver la première à chaque dîner, parce que mon mari est obsédé par la ponctualité.

Comme prévu, malgré mon retard, nous étions les premiers chez Vincent et Chloé. Comme à chaque dîner. Comme partout. Comme prévu également, je me suis ennuyée ferme. Antoine et Vincent ont parlé de leurs clients. Il y avait un deuxième couple, transparent, j'ai oublié jusqu'à leurs prénoms, je me souviens seulement qu'ils habitaient sur le canal Saint-Martin, et qu'ils nous ont livré tous les détails de l'aménagement de leur loft. Chloé, quant à elle, s'était sentie obligée de me raconter combien son Vincent, en plus d'être un mari parfait, était un père génial. Quelle déprime…

À peine le dessert avalé, j'ai commencé à bâiller ostensiblement, en regardant Antoine. Mais Vincent et lui avaient encore beaucoup à se dire. La « création de valeur », centre de leur attention, les préoccupait en ces temps de crise financière. Nos preux chevaliers la défendaient avec ardeur. Et moi je sentais la fatigue m'envahir. J'avais trop bu, trop vite, pour essayer de moins m'ennuyer. À un moment, n'y tenant plus, je me suis confondue en excuses et j'ai prétexté une semaine difficile pour justifier ma fatigue et annoncer que je rentrais, sinon je sentais que j'allais m'endormir sur le canapé.

Antoine s'est levé à son tour, mais je lui ai dit de rester, que j'allais rentrer seule, que je n'allais pas le priver de sa soirée juste parce que j'étais fatiguée. Il s'est rassis. Si seulement il avait insisté. Si je ne l'avais pas repoussé. Si j'étais rentrée en voiture avec lui. Avec des si… J'ai embrassé tout le monde, remercié Chloé, me suis excusée de n'être pas une convive plus enjouée et j'ai enfin quitté cet appartement, en fermant la porte discrètement : je n'aime pas déranger les voisins.

3

Il faisait doux, ce soir-là. C'était le premier soir de cet hiver sans fin sans vent ni pluie. J'ai décidé de prendre un Vélib, plutôt que d'appeler un taxi. Si seulement il n'y avait pas eu de Vélib à la station. Mais il y en avait plusieurs, avec leur petite lumière verte. J'ai soigneusement choisi mon vélo, selon ma routine habituelle : je vérifie la pression des pneus, à l'avant comme à l'arrière, je soulève la roue arrière et j'appuie sur la pédale, histoire de ne pas me retrouver avec un vélo déraillé et devoir attendre cinq minutes avant de prendre celui d'à côté et enfin je teste les freins. Et je suis partie, d'un coup de pédale déterminé. J'ai remonté l'avenue de Versailles sur la piste cyclable aménagée sur le trottoir, jusqu'à cette arrivée sur les quais, où les voitures remontent des voies sur berges à pleine vitesse. J'ai maudit les agents en charge de la signalétique, comme à chaque fois que je me retrouve là, et j'ai attendu de voir si le flot des automobiles ralentissait pour essayer de traverser, mais impossible de tenter l'aventure.

Alors j'ai rebroussé chemin pour prendre le souterrain, celui qui est si mal indiqué, avec une petite flèche ridicule pour les vélos. Je ne l'ai jamais aimé, ce souterrain. Il sent la pisse, la peinture tombe en lambeaux, l'éclairage est blafard, le plafond bas, il est étroit et déplaisant. Mais entre mourir sous les roues d'un Q7 et traverser ce tunnel, le choix était vite fait.

Je me suis engagée, donc. Tout de suite je l'ai vu. Assis. Il avait les genoux à hauteur du menton, le dos contre la paroi et il buvait une bière. Encore un SDF. Un clochard. Misère quotidienne de nos grandes villes. Indifférence et effroi. Un de ceux que l'on regarde avec un mélange de condescendance et de pitié. Un « ça n'arrive qu'aux autres ». Un accident de parcours. Un pauvre type, qui a tout perdu : ça a commencé par son boulot, puis sa femme est partie et tout s'enchaîne. Plus d'argent pour se loger, les Restos du cœur, les nuits en refuge, la brutale plongée dans l'alcoolisme, les intérims, de moins en moins, les petits larcins, de plus en plus, les arrestations, les humiliations, la première nuit dans la rue, le froid et la terreur, *le bruit et l'odeur*, les bancs publics, le métro, la manche, les bastons pour le contenu d'un chariot, le soutien des maraudeurs et puis plus rien, rien que l'alcool tout le temps, l'alcool pour seul compagnon, pour seul passe-temps, pour seule raison de vivre. Il n'avait pas de chien. Il n'avait pas de chariot. Pas de sac à côté de lui non plus. J'ai pensé à tout ça quand il s'est levé. Je les regarde toujours, ces miséreux. Il paraît qu'il n'y a rien de pire pour eux que de nous voir détourner la tête. Alors j'ai ralenti et je l'ai regardé, prête à lui sourire en passant devant lui.

21

Mais il s'est levé. Non, il ne s'est pas levé. Il a bondi. J'étais en train de le regarder. Quand il a bondi, c'était trop tard. Il m'a attrapée par la taille. Il m'a littéralement soulevée de ma selle, le Vélib s'est couché, a continué sa course et moi je me suis retrouvée plaquée sous lui. Je n'ai pas eu peur. C'est allé bien trop vite. Je me suis dit c'est quoi ce dingue. Mais quand il a parlé j'ai eu peur. Peur. C'est bien faible, comme mot, peur. « Tagueule ». Un seul mot. Ou deux, je ne sais pas. « Ta gueule ». Même pas répété. Froid. Ses bras qui me serrent. Terreur. Effroi. Le cœur qui s'emballe, les images qui défilent, je vais mourir, Antoine, maman, non, pas maintenant, c'est trop tôt. Pas un son qui sorte de ma bouche, mais tout mon corps qui se tend. Ses bras sont comme un étau. Je m'agite, j'essaye de me dégager, il me plaque au sol, une main sur la bouche, son torse contre le mien, il m'écrase, je n'arrive pas à respirer. Je sens l'odeur âcre de la sueur, de la crasse et de la rue. Il me donne une gifle. J'ai la tête qui explose. Une claque, une énorme baffe. Je suis sonnée. Je réussis quand même à bafouiller « prenez tout, je ne dirai rien, je n'appellerai pas la police, le code de ma carte bleue est 7454, s'il vous plaît, laissez-moi » – « Ta gueule, j'ai dit. » Et j'ai vu le couteau. J'ai senti le couteau. Sa lame, contre ma gorge. Et une main, en train de défaire le bouton de mon pantalon. Il s'en foutait de mon portefeuille. Il a promené la lame du couteau sur ma joue. Ses yeux brillaient. Il exultait. On fait quoi, dans ces cas-là ? Je comprenais sans ambiguïté possible ce qui était en train de m'arriver. On dit que l'instinct de survie dicte nos comportements dans les situations d'urgence. Qu'on passe en pilote automatique. Des conneries, oui. Ou bien je ne suis pas comme tout le monde : j'ai réfléchi. Oui, réfléchi, j'ai bien dit réfléchi. J'ai analysé en un éclair les deux options qui s'offraient à moi : me débattre, crier, hurler, le griffer, résister, le repousser, tout cela en vain, il était beaucoup plus fort que moi et armé, tout cela pour souffrir encore plus, sans changer l'issue et en risquant de finir la gorge tranchée, là, dans ce tunnel ; ou bien me laisser faire, me dire que oui ce dingue va me violer, mais que ce ne sera pas forcément long et qu'une fois soulagé il me laissera peut-être la vie sauve. Cette vie qui m'ennuie. Mais cette vie à laquelle je tenais tant. Saint-Exupéry disait que le courage vous saute dessus. Moi c'est la passivité qui m'a sauté dessus.

Alors je l'ai laissé faire, cet enculé. Ses mains ont pétri mes seins, ses doigts ont fouillé mon sexe, j'en ai encore mal, là, je grimace, je me tords de douleur et j'ai l'impression de sentir encore ses doigts en moi, je pourrais vomir. J'ai tout abandonné. Je ne me suis pas débattue quand il a baissé mon pantalon, et j'ai même enlevé une chaussure pour laisser une jambe libre et pouvoir écarter plus largement les cuisses. J'espérais avoir moins mal quand il me pénétrerait. *Pauvre idiote, tu rêves, tu planes*. Gandhi recommandait aux Indiennes de s'arrêter de respirer quand les habitants du futur Pakistan les violaient au moment des croisements de gigantesques flux de populations. Non-violence. Je ne me retenais pas de respirer. Je me retenais de crier, de hurler tellement j'avais mal mais le couteau était là, présent. Inoubliable. Irréversible. Marquée au fer rouge. On oublie tout ? Pas ça. Pas cette douleur-là. Un tisonnier au plus profond de soi. Chaque va-et-vient comme un coup de couteau et ce salopard qui n'en finit pas. Ses yeux. Ses yeux dans mes yeux. Il ne dit rien. Je suis dans la tombe, je suis Caïn, et l'œil me regarde. Je ne vois que ses yeux. Je saurais encore dessiner les vaisseaux, la taille de l'iris. Enfin je le sens qui vient. Sa queue gonfle, il jouit, il éructe. Toujours sans un mot. Pas même un « t'aimes ça, hein, salope ? ». Rien. C'est fini. Il sort de moi, se relève, remonte son slip et son pantalon. Il referme son couteau, prend mon Vélib et s'en va. Il est parti. C'est fini. Je suis en vie. Ma lâcheté a payé. J'inspire et j'expire, mon cœur bat, et j'ai mal. La douleur c'est la vie. Tiens, il n'a même pas pris mon sac. C'est idiot mais je suis contente. Mon cerveau s'occupe : bien sûr, je viens d'être violée, mais l'important c'est que j'ai encore mon sac à main. *Ce n'est rien. Tu le sais bien, le temps passe, ce n'est rien.* Je ne vais pas avoir besoin de refaire mes papiers, de faire opposition sur ma carte bleue, la vie est belle, non ? Ah merde, non, il faudra que je paye la caution pour le Vélib. Un viol et 150 euros de pénalité, mis sur un pied d'égalité dans ce tunnel déserté, comme deux sanctions d'égale importance, deux pénitences pour m'apprendre à avoir cru que ma vie était misérable, tout ça pour un dîner raté et un ventre désespérément sec. Je découvrais que la vie pouvait être infiniment plus cruelle que ce qu'on imaginait.

Je ne sais pas combien de temps je suis restée allongée dans ce tunnel. Pas allongée, non, recroquevillée. Je me revois, prostrée, meurtrie. Il est parti. C'est fini. Je remonte mon pantalon, il a déchiré ma culotte. Je souffre. J'ai mal. J'ai honte. L'ignominie dégouline entre mes cuisses. L'odeur m'écœure. Je suis sale, souillée, polluée, intouchable. Je me dégoûte. Il me dégoûte. Ce souterrain me dégoûte, tout me dégoûte. Mais je suis soulagée. Je suis en vie. Je respire. J'inspire. J'expire. Mon cœur bat. Je tremble. Je soupire. Je pleure. Je vomis. Le dîner, ma bile, ma trouille, je gerbe tout. Et il n'y a toujours personne, dans ce tunnel. Personne. Je me lève. Je ne tiens pas debout. Je me relève, encore. Ça y est. Je titube. Je suis debout. Je marche. Quitter ce tunnel. Appeler Antoine. Qu'il vienne me chercher, que je puisse me réfugier dans ses bras. Non, c'est trop tôt, je ne veux pas qu'il me voie dans cet état. « Allô, chéri, je viens de me faire violer, tu peux venir me chercher ? » Non. Pas question. Oublier. Me laver. Oui, c'est ça, me laver. Une douche chaude. D'abord une douche. Non, d'abord il faut que j'aille chez les flics. Que je porte plainte. Que je le décrive, que je fasse son portrait-robot, que je fasse tout pour qu'on le retrouve. Qu'il soit jugé, enfermé, chimiquement castré, puis violé à son tour sous les douches de la Santé, de Fresnes, des Baumettes ou d'ailleurs.

4

J'ai sorti mon portable. Mes mains tremblaient. Le 17 ne marche plus, ou si ? Le 112 ? Et merde, il faut appeler qui quand on vient de se faire violer ? Mes doigts tremblent. Je compose le 17. Ça fonctionne ! « Vous avez demandé la police, ne quittez pas s'il vous plaît. » En trois secondes, j'ai vu défiler devant moi les dix années suivantes de ma vie, étape par étape. Je me suis vue au commissariat en train de raconter mon histoire à un officier de police judiciaire tapant avec deux doigts et me demandant de décrire précisément ce que je venais de subir, puis en train de relire un procès-verbal truffé de fautes d'orthographe et décrivant en quelques mots ce qu'il ne suffira pas d'une vie pour oublier. Je me suis vue transférée à l'hôpital. J'ai vu le médecin en blouse blanche me demander avec douceur d'écarter les cuisses pour effectuer les prélèvements, faire les constatations médico-légales. J'ai vu Antoine arriver, défait, décomposé, enragé, dévoré par la culpabilité de m'avoir laissée rentrer seule. J'ai vu ses yeux me regarder comme une victime. J'ai compris que tout le monde maintenant allait me regarder comme une victime. Plus jamais je ne serais qui je suis. Plus jamais je ne serais Claire, cette femme et belle et intelligente, qui n'a pas d'enfants mais c'est vraiment la seule chose qui cloche chez elle. Aux yeux de tout mon entourage, je serais désormais la femme violée. Une victime, à jamais. Une fille en porcelaine, qu'il faut traiter avec dévotion et manipuler avec précaution. Une femme avec l'étiquette « FRAGILE », en rouge, collée sur le front.

J'ai vu le regard des autres, auquel j'attache tant d'importance, se transformer. J'ai vu la suite, aussi. La cellule de soutien psychologique. Les groupes de prise de parole. Plus tard, l'identification de mon violeur au milieu de fonctionnaires et de voleurs à la tire. Le procès. L'avocat à qui devoir tout raconter, encore et encore. La confrontation physique, au tribunal, sans la protection d'une vitre sans tain, cette fois. Entendre l'avocat de ce salopard raconter son enfance misérable, les maltraitances subies, toutes les raisons qui expliquent, voire qui justifient, parce qu'on ose tout dans une stratégie judiciaire, son déséquilibre et ses pulsions maladives. Voir les jurés comprendre, compatir devant une histoire personnelle terrible et la pauvre victime, qui avait eu la malchance de se trouver au mauvais endroit, au mauvais moment. Et finir par entendre le juge prononcer une condamnation. Combien ça vaut, un viol ? Cinq ans ? dix ans ? quinze ans ? Et moi, bordel ? Perpète pour moi, pas d'alternative. Toute une vie. Toute MA vie, foutue en l'air, pour cinq minutes de plaisir d'un putain de détraqué. Une vie à la poubelle, aux orties, à la benne. Et pas de remise de peine. Pas de sortie pour bonne conduite. Pas de bracelet électronique.

J'ai raccroché. Je ne voulais pas être une victime. Je voulais oublier. Ou-bli-er. Je ne voulais qu'oublier. Même si je savais bien que je n'oublierais jamais. Comme en physique quantique, l'observation influe sur la réalité. Si vivant ou mort est le chat de Schrödinger, selon la façon dont celui qui conduit l'expérience le regarde, violée ou non violée je peux bien être selon ce que je décide. Alors peut-être que si je n'en parlais à personne, ce serait comme si cette saloperie ne s'était jamais produite. Ou bien ce serait comme à l'école, dans la cour de récréation, « en fait, on dirait que je n'aurais jamais été violée ». En un éclair, j'ai décidé : je ne voulais pas être celle qu'on regarde avec compassion, celle sur le passage de qui on murmure, on chuchote, on se demande comment elle réussit à continuer à vivre. Je ne serai pas celle-là. Je suis Claire, merde, et je resterai Claire. On continuera à me regarder avec envie. Pas avec tristesse, ni circonspection, ni compassion, ni empathie. Encore moins avec pitié, jamais.

Il n'aurait pas pu décrocher, ce téléopérateur du 17 ? S'il avait décroché, je n'aurais pas eu le temps de réfléchir, j'aurais tout balancé, je me serais laissé embarquer, mise en pilotage automatique, et j'aurais sagement suivi le bon chemin. Oui mais voilà, il n'a pas décroché.

Encore un si : « Si tu peux voir détruit l'ouvrage de ta vie, et sans dire un seul mot te mettre à rebâtir, disait Kipling, alors tu seras un homme, mon fils. » En serais-je capable ?

5

Oui.

Oui, j'en serai capable. Je m'en persuadais.

Après tout je tenais debout. Je me tenais déjà debout. *Résiste. Prouve que tu existes.* J'ai remis mon téléphone dans mon sac. Ma décision était prise. La reconstruction avait commencé. J'ai marché, quitté le tunnel, retrouvé la nuit étoilée et contemplé la lune. J'ai pensé pêle-mêle à la nuit des loups-garous, à la nuit des morts-vivants, à la nuit des longs couteaux, à nuit et brouillard, et au fait que décidément *plus rien ne s'oppose à la nuit.* Je me suis dit aussi qu'il ne fallait pas que j'oublie d'appeler Vélib pour déclarer que je m'étais fait voler le vélo. Au fur et à mesure que je marchais, mes pas prenaient une toute relative assurance, et encore vacillante, je fus soudain saisie d'une peur panique à l'idée de croiser quelqu'un sur le chemin entre ce maudit tunnel et l'appartement. Pas la crainte de tomber sur un autre violeur, non, juste celle de croiser une connaissance, un voisin, qui me verrait décoiffée, hagarde, débraillée, hirsute, défaite et me demanderait ce qui s'était passé. Il ne s'était rien passé. C'est pourtant simple, non ?

Je n'ai croisé personne. Pas âme qui vive. Vive la télévision, vive internet, vive la modernité et la convivialité de ce monde en ligne où plus personne n'est jamais ni dehors, ni oisif, ni pensif. Les propriétaires de chiens n'ont pas encore trouvé le moyen de les e-promener. Heureusement, quand ils sortent leur fidèle compagnon, ils ont leur smartphone pour rester connectés à leurs amis aussi seuls qu'eux. J'ai marché vite, aussi vite que possible, malgré la douleur lancinante, malgré ma peur. J'ai dû me retourner cent fois. Arrivée devant chez moi, j'ai mis cinq minutes à me souvenir du code de la porte de l'immeuble, j'en pleurais de rage. Enfin j'ai réussi à le retrouver, et pénétrer dans le hall familier m'a immédiatement soulagée. Ensuite, l'ascenseur, mes clés et une prière : pourvu qu'Antoine ne soit pas là, qu'il n'ait pas été pris d'un remords subit et ait quitté Vincent pour me retrouver. Mais non, la porte était encore fermée à double tour, l'appartement était vide. J'ai tiré le loquet derrière moi.

Je n'ai allumé aucune lampe, je me suis précipitée dans la salle de bains. J'ai abandonné mes vêtements en boule sur le carrelage, dans le noir, j'ai ouvert la porte de la cabine de douche à tâtons et fait couler à fond le robinet. Là j'ai commencé à vivre à nouveau. L'eau chaude me faisait du bien. Je me suis assise, en tailleur, sur le carrelage, pour que l'eau tombe de plus haut. Un baptême, une renaissance. Relevée, je me suis lavée, frottée, astiquée. Chaque centimètre carré de ma peau a été nettoyé.

Tout mon corps rougissait, sous l'effet combiné du gant qui passait et de l'eau dont je faisais monter la température chaque minute un peu plus. Mon sexe me faisait atrocement souffrir. Je l'ai lavé, encore et encore, à l'extérieur comme à l'intérieur. Adieu, poils pubiens, adieu traces de sperme, adieu tests ADN. Je me rendais bien compte ce faisant que je me débarrassais des preuves éventuelles, des indices, de tout ce qui pourrait permettre un jour de capturer mon violeur. Mais cela n'avait aucune importance, voyons, puisque nul viol ne s'était produit. J'étais rentrée, je m'étais couchée. Fin de l'histoire. Un dîner chiant, un de plus. Demain est un autre jour.

Le nuage de vapeur à la sortie de la douche avait couvert le miroir de buée. Je pouvais allumer, sans crainte de voir mon image dans la glace. Je n'avais pas de marques sur la peau, en tout cas pas visibles. Il ne m'avait pas griffée et ses mains qui m'avaient serrée tellement fort n'avaient pas laissé de traces sur mes poignets. Ma seule question portait sur mon visage. Mais je ne voulais pas me voir. Je ne m'en sentais pas capable. Pas encore. Pas tout de suite. Et puis, si j'avais un cocard, je dirais que j'étais tombée à vélo, voilà, oui, c'est ça, c'était aussi simple que ça. Une banale chute. J'ai brossé mes cheveux, je les ai séchés et je suis allée enlever le loquet de la porte d'entrée. Antoine n'était toujours pas revenu. J'avais eu le temps de me faire violer, de rentrer à pied, de me doucher et Monsieur n'avait pas fini de déguster son cognac. Je me suis couchée. Il n'y avait pas un bruit. J'ai fermé les yeux et j'ai vu les siens. Les yeux du violeur. Ses yeux noirs. Mais il ne s'est rien passé, me suis-je dit à nouveau. J'ai rouvert les yeux. Je ne voulais pas les refermer. Alors je suis restée éveillée, les yeux grands ouverts, jusqu'au retour d'Antoine. Il a ôté son manteau, posé ses clés sur le meuble du couloir, enlevé ses chaussures et est entré dans la chambre, tout doucement. Il sait combien je déteste être réveillée. Il s'est déshabillé puis s'est couché. Il a encore lu avec sa lampe de poche. Il sait, pourtant, que ça me réveille. Mais il persiste à m'expliquer que ce n'est pas possible et qu'il ne peut pas s'endormir sans avoir lu, qu'il fait bien attention à ce que le faisceau lumineux n'atteigne pas mon visage et que, si je me réveille, c'est que je suis préoccupée, pas parce qu'il lit. Vie de couple. Vie quotidienne. Des vies. *Des vies, pas les mieux, pas les pires*.

Mais ce soir-là, cette nuit-là, je les haïssais toutes, ces vies, cette vie où mon mari me réveille, cette vie où il est possible de se faire violer un soir d'hiver, cette vie si vide de ne pas être mère.

Antoine n'a pas lu longtemps. Il s'est endormi immédiatement après avoir posé sa lampe de poche sur la table de chevet. Et j'ai passé la nuit à l'écouter dormir. Il m'affirme qu'il ne ronfle pas. Mais il ronfle. Habituellement c'est tellement insupportable que je finis par mettre des boules Quiès. Cette nuit-là, ses ronflements m'ont tenu compagnie. J'avais envie de pleurer. De me blottir dans ses bras. De tout lui raconter. Mais lui raconter quoi ? Il ne s'était rien passé. J'avais décidé qu'il ne s'était rien passé. Rien du tout. Si j'avais ouvert la bouche, il aurait réagi, il aurait appelé la police, il serait allé dans le tunnel fureter, chercher des indices avec les inspecteurs, il aurait fait jouer ses relations pour me trouver le meilleur psychologue, psychiatre, coach de vie ou je ne sais quoi. Tel le Michel Galabru de *L'été meurtrier*, il aurait en secret traqué le détraqué, sans relâche, il y aurait consacré sa vie, il l'aurait tué de ses mains, et je l'aurais perdu, lui aussi. Non, clairement, pour moi, pour la femme que j'étais alors, le silence était la meilleure option. *Sourire. Et puis se taire.*

Combien de femmes ont été violées à Berlin par les Russes ? Toutes, pas une n'y a échappé, les jeunes, les vieilles, les belles, les moches, les minces, les grosses, les dévergondées, les délurées, les pucelles, les blondes, les brunes, les rousses, les grandes, les petites, toutes y sont passées. J'avais lu *Une femme à Berlin*. Deux millions d'Allemandes violées au long de l'avancée de l'armée rouge. Et pourtant elles ont continué à vivre, non ? J'allais continuer, moi aussi. Envers et contre tous.

6

Le premier matin de ma vie d'après le viol commença comme tant de dimanches. *Je hais les dimanches*. Je suis restée au lit pendant qu'Antoine se levait pour aller chercher le pain. Une baguette, bien cuite. Nous n'avions pas encore échangé une parole. Je ne me souviens plus des premiers mots. Ils ont dû être d'une dominicale banalité, « bonjour chérie, tu as bien dormi ? », et je me suis probablement fait réprimander pour avoir déserté le dîner si tôt. J'ai dû m'excuser, et l'embrasser pour me faire pardonner. La seule chose dont je sois sûre à propos de ce matin-là, c'est qu'il n'a rien remarqué. Pas une trace sur mon visage, manifestement. Si seulement il y avait eu une trace. Est-ce que j'aurais été capable de la soutenir, mon excuse bidon, ma chute à vélo imaginaire ? Rien n'est moins sûr. Je me serais blottie dans ses bras en lui demandant de me protéger, peut-être. Ou aurais-je réussi à le rassurer, une chute à vélo, une banale chute, ne t'inquiète pas, chéri, ce n'est rien ? Mais pas de question. Donc pas de trace ? J'ai vérifié dans le miroir. Enfin, j'osais me regarder en face. Je n'ai jamais eu la peau qui marque. La trace de la claque avait bel et bien disparu. Mon secret tenait. Il ne s'était rien passé, décidément, c'était confirmé. Fatiguée, j'avais juste l'air fatiguée. Alors, une fois n'est pas coutume, je me suis maquillée ce dimanche matin. Pas grand-chose, un peu de fond de teint et un trait d'eye-liner. Puis nous sommes partis voir une exposition, pas loin de chez nous, au Palais de Tokyo. Sans enfants, avec des semaines où le boulot occupait une place démesurée, Antoine et moi avions instauré une forme de discipline de vie du week-end, où nous nous livrions à des activités ensemble, en amoureux, visites de musées, expositions, promenades à vélo, randonnées en forêt de Fontainebleau ou escapades dans les capitales européennes. Nous avions au moins réussi ça, avoir un univers commun qui dépassait la lutte de pouvoir autour du contrôle de la télécommande.

Nous avons déjeuné au Coq, place du Trocadéro. Je n'ai pas eu la force de dire non à Antoine. J'ai toujours détesté cet endroit, comme tous les cafés Costes et leurs steaks d'autruche, leurs soufflés au chocolat, les sublimes hôtesses d'accueil et le peloton de blondes refaites, qui refusent de vieillir, et vous polluent le paysage avec leurs opérations de chirurgie esthétique ratées. Moi aussi je refusais de vieillir, mais je n'étais pas prête à me laisser scalpelliser pour autant. Et jusque-là, j'y arrivais sans trop de mal. Mais en une nuit, j'avais pris cent ans et je me sentais plus vieille que toutes les rombières réunies pour l'amicale de bridge du

XVIe arrondissement. Chaque nuit dorénavant me ferait vieillir de plusieurs nuits.

À table, j'ai bu plus que de raison, pour trouver la force de commenter l'exposition (Basquiat, peintre « taggueur », mort jeune d'overdose, le moyen imparable pour faire grimper la cote !) et celle de me moquer de nos voisins et voisines de table. En face de moi, Antoine riait, et en rajoutait, surenchère de sarcasmes et de cynisme, une conversation typique et enlevée de Parisiens blasés. Non, il ne se doutait de rien. Ma décrépitude n'avait pas encore commencé. Après tout, je n'en étais qu'à ma première nuit. Et puis j'ai une longue expérience de la dissimulation. Petite, c'est toujours ma sœur qui prenait pour nos turpitudes communes ; moi, j'étais l'ange de la famille. À l'école, au collège, j'agaçais déjà mes enseignants en étant capable de répéter mot pour mot ce qu'ils venaient de dire malgré mes bavardages. Mais tout cela n'était que vétilles, par comparaison à mon coup de maître : maman n'a jamais appris que j'avais avorté, encore adolescente. *À 17 ans*. Elle n'en a jamais rien su. Elle ne s'en est jamais doutée. Je ne lui ai même pas avoué, sur son lit de mort, et pourtant j'avais envie de me confesser, de lui demander pardon, parce que cela avait été la seule fois où j'avais dupé sa confiance.

Mon premier coup. Ma première fois. Mon premier amant. Emmanuel, que j'avais fait attendre si longtemps avant de lui offrir ma virginité. Emmanuel, qui, lui, n'a pas longtemps attendu avant de jouir en moi, alors qu'il avait promis de faire attention. Et le même Emmanuel qui fut aussi prompt à décider pour nous deux que l'avortement était la meilleure solution. Pas la meilleure, d'ailleurs, non. La seule. Voilà comment j'étais juste avant le viol : une femme de quarante ans malheureuse de n'avoir pas d'enfants, mais qui en avait porté un dans son ventre, vingt-trois ans plus tôt. Je n'avais rien dit à personne à l'époque. Papa m'aurait dit que j'étais vraiment trop conne, de ne pas avoir pensé à me protéger, une occasion de plus de me manifester toute l'estime qu'il avait pour moi. Il ne s'est jamais remis de ne pas avoir eu de garçon. Et quand il a fini par quitter maman pour vivre enfin l'histoire d'amour qu'il méritait, je le cite, il n'en a pas profité bien longtemps, de sa jeunette, emporté par un infarctus trois mois après ses cinquante ans. Ma sœur était trop petite à l'époque, et pourquoi serais-je allée lui raconter ça plus tard ? Antoine ne le sait pas non plus, c'est étonnant, je lui ai tout raconté, tout livré de ma vie, sauf cet épisode. Je crois que j'ai toujours eu secrètement honte. Honte de ne pas avoir eu le courage de le garder ? Lâcheté ? Peut-être. Honte de l'avoir abandonné, ce bébé qui n'attendait que moi ? Je ne sais pas. Honte tout simplement, honte parce que notre éducation judéo-chrétienne nous pousse à avoir honte de tout, nous dicte des règles de conduite et que tout écart nous terrorise. Tu ne baiseras point sans te protéger, ma fille. Tes études tu privilégieras. Ta vie patiemment tu construiras. Tes impôts tu paieras. L'ordre établi tu respecteras.

Honte ou pas, ça forge le caractère, et c'est un passage brutal à l'âge adulte. C'est facile, vous croyez, pour une gamine de dix-sept ans, d'avorter ?

Emmanuel ne m'a pas accompagnée. Toute seule, je suis allée à l'antenne du planning familial, et je dois reconnaître que j'y ai été traitée comme une princesse. Personne ne m'a jugée, au contraire, la dame qui m'a reçue a été très compréhensive, m'expliquant patiemment les différentes options qui s'ouvraient à moi, de l'avortement à l'accouchement sous X. Mais moi je n'en voulais pas, de cet enfant, pour rien au monde. J'avais apprécié cette expérience sexuelle, enfin pas la première, les suivantes, toujours avec Emmanuel, quelle idiote, et j'en voulais encore. Je voulais croquer la vie, *rouler des hanches, me saouler de printemps*. Ne pas me retrouver avec un marmot sur les bras. Je voulais étudier, voyager, aimer, pas pouponner, allaiter, pousser un landau et élever un enfant. Être la seule mère parmi mes copines. Non, décidément, non, j'étais trop jeune, c'était trop tôt.

Alors l'IVG était la seule option. Emmanuel avait raison. Et vive la France, où une mineure peut se faire avorter sans l'accord de ses parents. *La petite carte en plastique que l'État m'a donnée, ah ouais, je l'ai bien méritée*.

Je n'en étais donc pas à mon coup d'essai sur la dissimulation. Et il faut que vous compreniez à quel point le désir d'un enfant était obsessionnel chez moi. Ne pas avoir d'enfant, à quarante ans, c'est contraire à un certain nombre de Commandements tacites ou explicites de notre société moderne. Alors à quarante ans, sans enfant, dans le regard des Autres, on est une sorte de demi-femme, on vit une misérable vie sans accomplissement, sans héritage, sans autre perspective que la triste certitude de retourner en poussière. À quarante ans, sans enfant, il faut faire le pari de croire en Dieu si on aspire à la vie éternelle. Et si, comme moi, on ne peut se résoudre à y croire, en ce Dieu, si l'on persiste à se dire que le ciel est désespérément vide, l'absence d'enfant à quarante ans vous obsède. L'horloge biologique s'affole un peu plus chaque jour et vous ne pensez plus qu'à *prendre un enfant par la main*.

Maintenant, imaginez-moi, un instant : sans enfant à quarante ans, tout en ayant été enceinte, à dix-sept ans, en sachant que mon corps avait déjà voulu donner la vie, qu'il est capable de la porter cette vie, et que je ne suis pas allée au bout, que j'ai décidé de l'étouffer dans l'œuf, cette vie en devenir qui ne demandait qu'à éclore. Chaque jour devient une souffrance un peu plus dure à encaisser que celle du jour précédent.

7

Après le premier matin, il y a eu le premier après-midi du jour d'après. Et le dimanche après-midi, Antoine n'aime pas aller aux courses. Il n'aime pas regarder les grands prix de Formule 1 à la télévision, il n'aime pas jouer au golf, ni aux cartes, ni au scrabble. Il aime la sieste. Et pour faire une bonne sieste, il a besoin de faire l'amour avec sa femme. Avec moi.

Comment ai-je pu ? Je ne sais pas. Je ne sais plus. Il a été doux comme un agneau, ce jour-là. Qui a dit que les hommes n'avaient aucune intuition ? Antoine m'a aimée ce dimanche après-midi avec une infinie tendresse. Il n'empêche. J'ai cru que j'allais m'évanouir quand il est entré en moi. La douceur de ses caresses m'avait détendue, mais la pénétration a été horriblement douloureuse. Encore une fois, j'ai pris sur moi, je me souviens de m'être mordu le dos de la main pour ne pas hurler. Quelle raison aurais-je pu avoir de me refuser à mon cher et tendre ? Si seulement j'avais dit non, Antoine, je suis trop fatiguée, je n'ai pas envie. Bien sûr, cela m'aurait valu une scène, des cris, des phrases définitives qu'on regrette aussitôt prononcées mais souvent c'est trop tard, les mots ont marqué. Il serait parti nager, courir, se démener. Il aurait appelé son pote Christophe pour lui dire qu'il en avait marre de sa femme qui se refuse à lui. Il a toujours été un peu excessif. C'est pour cela que je l'aimais, aussi. Une scène. Je n'ai rien dit pour éviter une scène ! J'ai soupiré, j'ai gémi, je me suis agrippée aux draps en espérant qu'il aille vite et il a joui, profondément ancré en moi. Voilà pourquoi nous avons fait l'amour ce dimanche-là, pour que la paix de mon ménage soit préservée. J'ai préféré souffrir que de rendre Antoine malheureux le temps d'un dimanche après-midi. Idiote.

J'ai attendu qu'il s'endorme, ce qui n'a pas pris longtemps ! Je l'ai laissé seul dans notre lit, pour retourner dans la salle de bains. Et j'y ai pleuré. Nous avons de la chance, nous avons, enfin nous avions, un grand appartement. La salle de bains est loin de la chambre. J'ai hoqueté, pleuré, reniflé pendant de longues minutes. J'aurais voulu tout lui dire. J'aurais dû tout lui dire. Je passe ma vie à me plaindre de ma vie de couple mais au fond, Antoine c'est mon homme, Antoine c'est mon roc. C'est ce qui me frappe chaque fois que je le regarde. Sa stature. Antoine c'est ma moitié. Antoine c'est *mon alter ego*. Mais je n'y arrivais pas. Je ne pouvais pas le lui dire, j'en étais incapable. Au fond, son regard était le plus important de tous. C'est à lui que je voulais plaire, avec lui que je voulais continuer à vivre. Je n'aurais pas supporté de voir son regard évoluer, changer, se charger de haine pour le violeur et de compassion pour sa femme victime.

Alors j'ai pleuré, comme une conne, prostrée dans ma salle de bains. Et je me suis à nouveau douchée, briquée, sous toutes les coutures, pas un millimètre carré de peau qui n'ait été récuré.

Le sida ? En ouvrant la porte vitrée de la douche, une angoisse de plus a surgi. Et s'il était séropositif, mon agresseur ? J'allais mourir ? J'aurais fait le choix de la passivité dans l'idée consciente de survivre, pour me retrouver à mourir à petit feu ? Et Antoine ? Je venais de lui transmettre le sida, à lui aussi ? Et si c'était le cas, comment allais-je lui expliquer, le jour où on ne pourrait plus remettre à demain le moment de se faire soigner ? J'allais lui expliquer, « tu sais, chéri, en fait, je me suis fait violer, mais je n'ai pas voulu te le dire pour ne pas t'inquiéter » ? Bien sûr. Décidément non seulement j'étais folle, mais en plus j'étais dangereuse. Je venais de mettre la vie de mon mari en danger, pour préserver l'image qu'il avait de moi. À ce moment-là j'aurais pu encore tout arrêter. Mais j'ai préféré me dire que désormais, le sort en était jeté. Soit j'avais été infectée, et Antoine peut-être aussi, et plus rien ne pouvait changer cet état de fait. Soit je ne l'avais pas été, et je n'avais aucune raison de modifier ma ligne de conduite. Réponse dans un mois, me disais-je. Oui, c'est ça. Un mois. J'irais me faire tester dans un mois, et il serait temps de dire toute la vérité si jamais. Fin du débat intérieur, fin de la douche, j'ai rejoint Antoine dans la chambre, et, sans dormir, je me suis lovée tout contre lui, les cheveux encore mouillés.

8

Le soir nous sommes allés au cinéma, à côté de chez nous. Et la vie a repris son cours. Le boulot, les réunions, la machine à café, les entretiens d'évaluation, les entretiens de licenciement, les discussions sans fin avec les organisations syndicales, les politiques salariales, le schéma directeur de la formation, comment oublier la formation, le développement de nos si chères compétences. Moi, la directrice des ressources humaines, j'essayais de trouver les humaines ressources nécessaires pour continuer à vivre ma vie. Chaque soir, au moment de m'endormir, je voyais ses yeux. Juste au moment où je fermais les miens. Ils étaient là. Ils se posaient sur moi, me transperçaient, pas longtemps, juste assez pour me rappeler que rien, plus rien ne serait jamais comme avant. Une terreur nocturne. Rien d'autre, rien de plus : je n'ai pas revécu le viol comme tant de victimes, non, j'avais juste au-dessus de moi ses yeux qui me disaient je vais te fouiller encore, je vais te prendre, te posséder, te défoncer, je vais te faire mal, je vais ruiner ta vie. Juste avant de m'endormir. Alors je reprenais mon livre, avec ma lampe de poche (à mon tour), en prenant soin de ne pas réveiller Antoine, et je lisais jusqu'à m'endormir dessus. Et je réussissais à dormir le peu d'heures qui restaient.

Après quelques semaines, j'ai ressenti une immense lassitude. La dépression gagnait. J'avais envie de sieste chaque jour, chaque pas me coûtait, monter des escaliers m'essoufflait et j'avais le sentiment de porter un fardeau bien trop large pour mes épaules. Le pharmacien m'a conseillé toutes sortes de compléments alimentaires, allant des essentiels oligoéléments à diverses vitamines colorées. Il m'a même suggéré des gélules spéciales pour début de ménopause, je devais vraiment avoir pris un coup de vieux. J'ai tout pris, sauf ces dernières gélules, et j'ai commencé à me doper sans excès.

Un matin j'ai vomi. Le stress post-traumatique. Pourtant la journée s'est poursuivie sans incident, et j'ai pu faire leur évaluation à trois de mes collaborateurs sans déverser la moindre bile. Le lendemain j'ai encore vomi, une fois ma dernière bouchée de tartine avalée, puis une journée paisible, juste marquée par une irrépressible envie de sieste après le déjeuner. La troisième matinée passée au-dessus de la cuvette de mes toilettes, j'ai fait le lien. J'étais en retard. Pas en retard au boulot. En retard sur mes règles. Très en retard. Je ne m'étais pas plus inquiétée que ça au début. Après un viol, tout devient très relatif, et très simple à la fois : pas de règles ? c'est le viol ; terreur nocturne au moment de s'endormir ? c'est encore le viol ; fatigue, lassitude, quasi-dépression ? c'est toujours le viol ; vomissements matinaux ? c'est forcément le viol, là aussi ? Non, ça c'était nouveau et j'ai été prise d'un doute. Et si… ? Non. Il fallait en avoir le cœur net. Je me suis arrêtée à la pharmacie en chemin vers le boulot, pas celle d'à côté de la maison, et je me suis enfermée dans les toilettes en arrivant au bureau. Jet d'urine. La tige est bien rose, c'est bien, j'ai fait pipi là où il fallait, je suis une grande fille. Une minute. Une éternité. Tic tac. Le dos courbé, les yeux rivés sur la petite fenêtre. Un trait ? Ou une croix ? *Un trait, danger, deux traits, sécurité.* C'est si long que ça une minute ? C'est interminable ! Enfin la forme apparaît dans sa fenêtre. C'est une croix. Bleue. La Croix-Rouge sauve des vies, cette croix bleue, elle, me condamne.

Enceinte.

Formel, fiable à 99 %, c'est écrit sur la notice. Je suis restée là, assise, la culotte et mes collants sur les chevilles, la jupe relevée, à regarder cette fenêtre. Une croix. Une vie. Un trait j'aurais été tranquille. Mais c'est une croix, c'est la panique. Le souffle court, l'angoisse, l'étau qui me vrille les tempes, une tonne sur la poitrine. Un calendrier, vite, un calendrier. Mon iPhone, mon sac, là, par terre, putain mais où il est, merde, je fous tout par terre, le voilà, je le tiens, je tremble. Alors ? Quand ? À quand remontent mes dernières règles ? Je note le premier jour systéma-tiquement dans mon agenda. Voilà, je retrouve la date. Et merde. Merde. Merde. Merde. Il faut que je vérifie, je ne sais plus. Un cycle, c'est combien de jours ? Vingt-huit. Oui mais le début des règles c'est le premier jour des vingt-huit ou c'est la fin ?

9

Retour sur mon PC. Doctissimo, Wikipédia, pour une fois, les différentes sources racontent à peu près la même chose : le cycle démarre au premier jour des règles, et l'ovulation a lieu en moyenne au quatorzième jour. Les jours 12 à 16 sont considérés comme propices, avec une pointe sur le quatorzième lui-même. Quatorzième jour après mes dernières règles, même pas besoin de vérifier, je le savais : dîner chez Vincent et Chloé. Je me suis mordue pour ne pas hurler. Enculé. Ce salopard m'avait mise enceinte. Un putain de dégénéré a réussi en une fois ce qu'Antoine n'a pas été capable de faire en quatorze ans. Je n'en revenais pas. Je suis passée de la rage à la stupéfaction, de la colère à l'humiliation, et j'ai surtout ressenti une immense injustice. Dîner de merde, Vélib de merde, souterrain de merde, violeur de merde, vie de merde ! Réagir. Tout de suite. Pas de passivité. J'ai pris mon sac, et je suis sortie en disant à ma secrétaire que mon mari venait de faire un malaise et qu'il fallait que je le rejoigne à l'hôpital. À ma tête, j'aurais bien pu perdre *mon père, ma mère, mes frères et mes sœurs* que ça ne l'aurait pas étonnée. Sauf que ça n'était pas pour aller faire les quatre cents coups que je lui mentais. J'avais besoin de m'isoler. Et puis je n'étais pas en état de participer au comité carrières prévu ce matin.

Direction une autre pharmacie, encore, je m'imaginais pouvoir régler ça avec discrétion, efficacité, un peu comme la revue d'un dossier important.

– Bonjour madame, voilà, je vous explique, ma fille est en retard pour ses règles, elle a fait une bêtise, est-ce que je peux vous demander une pilule du lendemain pour elle s'il vous plaît ?

J'ai vraiment eu l'air idiote…

– Mais madame, si elle est en retard, c'est déjà trop tard. C'est dans les cinq jours suivant le rapport sexuel non protégé la pilule du lendemain, cent vingt heures, pas une de plus, après efficacité zéro. Je crains qu'il ne faille que vous accompagniez votre fille à un centre de planning familial.

Ah oui ? Et si on a été violée, on nous parle de haut, aussi, comme ça ? Mais quelle conne, celle-là, dans sa blouse blanche, donneuse de leçons, condescendante, et merde. J'avais envie de boire. À 10 heures du matin ! Et j'avais envie d'un bar-tabac, d'un PMU, pas d'une brasserie chic, non. Je voulais l'anonymat, les alcooliques au bar, qui jouent au Rapido, les yeux rivés sur l'écran. J'ai marché une trotte pour finir par en trouver un. Une fois assise sur mon tabouret, j'ai enchaîné trois cafés/calva avant de me calmer, de reprendre et ma respiration et mes esprits. Mon œsophage enflammé m'a rendu ma lucidité, et j'ai laissé mes doigts pianoter. Vive l'iPhone. Dans un monde où l'on peut tout faire en ligne, voyager, naviguer, manger, lire, se promener ou faire l'amour virtuellement, on doit bien pouvoir trouver une agence de planning familial, qui préserverait mon anonymat. Je n'avais pas envie de passer par mon médecin. Ma décision était prise avant même le test de grossesse. Je ne supporterais pas de passer une seconde de plus avec l'embryon de cet enfoiré dans MON ventre. J'avais avorté à dix-sept ans d'un garçon que j'aimais, je n'allais pas garder l'enfant d'un monstre, même à quarante ans, je n'en étais pas réduite à cette extrémité, tout de même.

Il n'y a pas beaucoup de centres de planning familial dans les beaux quartiers, c'était à prévoir. Rien dans le 16e, rien dans le 8e, rien dans le 7e. À croire qu'on n'avorte pas chez les bourgeois (ni chez les intellectuels de gauche, pas de centre dans le 5e ou le 6e, ni chez les homos, même désert dans le 4e…). Je me souviens d'avoir souri dans ma navigation : à l'hôpital Lariboisière, le centre du planning familial est en secteur « violet ». Il faut quand même être vicieux avec autant de couleurs dans l'arc-en-ciel pour choisir « violé ».

Je n'avais pas envie d'un hôpital, de toute façon. *Les odeurs d'éther* m'auraient fait vomir. Je finis par me décider pour un centre rue Vivienne. J'ai payé mes consommations, et je me suis rendu compte en me levant que j'étais quasiment ivre. Le calva à 10 heures du matin ne me réussissait pas.

J'ai décidé de marcher, de profiter de la fraîcheur matinale pour retrouver mes esprits, mais je ne m'attardais pas devant les vitrines. Au contraire, je bousculais les touristes agglutinés qui bloquaient le passage. Je passais devant le site de l'ancienne Bibliothèque nationale de France. Voilà, j'allais enfin arriver, enfin j'allais pouvoir me débarrasser de ce nouvel intrus dans mon ventre, expulser le rejeton de cette raclure, le vomir une fois pour toutes et me remettre à essayer d'oublier. J'avais réfléchi sur le trajet à l'histoire que j'allais raconter à cette dame (car ce serait forcément une dame qui m'accueillerait, non ?). Elle allait me demander pourquoi. Elle allait essayer de me raisonner. Elle allait forcément me dire qu'à mon âge, c'était une chance unique pour moi, que le facteur n'allait pas sonner une deuxième fois et que toute ma vie j'allais regretter cette décision prise sur un coup de tête. Je n'avais pas encore trouvé la réponse ferme mais courtoise qui aurait clos ce débat. J'en étais restée à un agressif « Chère madame, au risque de vous décevoir, je peux vous assurer qu'il ne s'agit pas d'un coup de tête, voyez-vous, cet embryon, là, c'est l'enfant d'un viol, le résultat de l'expérience la plus douloureuse de ma vie, ce n'est pas un embryon d'ailleurs, ce n'est pas un enfant non plus, ce n'est qu'un monstre, avec des gènes de monstre, des cellules de monstre, un cerveau de monstre, alors arrêtez, maintenant, foutez-moi la paix, gardez pour vous vos recommandations et votre philosophie de comptoir et faites-moi une ordonnance, ou, mieux, donnez-moi les cachets de RU-486 tout de suite, là, immédiatement, tout de suite, vous comprenez ??? ».

10

Le hall était impersonnel et froid et j'ai eu du mal à trouver mon chemin. Tout ce que je voulais, c'était en finir et rentrer chez moi me débarrasser de ce foutu fœtus. J'ai trouvé la salle dédiée au planning familial et pris un ticket. Un ticket pour un avortement. À côté de moi se tenaient une toute jeune fille et sa mère. Quel âge pouvait-elle avoir ? Treize ans ? Quatorze au plus. Sa mère lui tenait la main, ses yeux étaient rougis et regardaient dans le vide. Elles attendaient toutes deux la dame en blouse blanche, une autorité à laquelle se confier enfin. Les pères n'étaient probablement pas au courant, ni le père de la jeune fille, ni le père de l'enfant qu'elle portait. Ces deux femmes-là avaient décidé de traiter le « problème » seules. Toute leur vie, elles seraient liées par ce secret. Comme j'aurais aimé que maman soit à mes côtés à l'époque. Bien sûr, j'étais plus mûre que cette toute jeune fille. Mais on a toujours quatorze ans dans des moments pareils. Je me disais à les voir combien j'aurais voulu qu'elle soit là, maman. Qu'elle me tienne la main. Qu'elle ne dise rien. Juste qu'elle soit à côté de moi, avec ses cheveux remontés en chignon comme chaque fois qu'on allait chez le pédiatre, quand j'étais petite. Pourquoi est-ce cette image-là qui me vient ? Tu me manques, maman. Je crois que tu m'aurais dit de le garder, à l'époque. C'est pour ça que je ne t'en ai pas parlé.

Sur une table basse étaient étalés des dépliants colorés. L'un d'eux était titré « Femmes & Sida », ce qui m'a rappelé que ce n'était que le début des visites dans des centres médicaux. Je n'avais pas encore effectué la prise de sang pour le dépistage HIV, que je comptais faire la semaine suivante. Mais une chose après l'autre. Mettre un terme à cette grossesse était la priorité.

Il y avait une autre brochure, sur cette table, dont je me souviens, qui revenait sur le thème « les onze ans de la nouvelle loi supprimant la nécessité de l'autorisation parentale pour les mineurs ». Et je me disais que nous n'avions pas rendu suffisamment hommage à Simone Veil, qui avait porté quasiment seule cette loi. Il lui en avait fallu de la détermination. Dans notre pays, l'avortement a été considéré comme criminel dans la période qui a suivi la Première Guerre mondiale, parce qu'il fallait repeupler la France. Ensuite il a été qualifié de « crime contre l'État français » par Vichy, en 1942, et passible de la peine capitale. Peine que le Maréchal n'hésita pas à faire appliquer à Marie-Louise Giraud, la plus célèbre « faiseuse d'anges », décapitée en 1943, pour l'exemple.

De l'autre côté de la salle d'attente, une jeune femme, la vingtaine, seule, mâchait un chewing-gum, ses écouteurs vissés dans les oreilles. J'essayais de deviner ce qu'elle écoutait, mais je n'arrivais pas à déchiffrer. Le son remplissait la salle, et s'élevait jusqu'au plafond où tant d'anges étaient passés.

Deux cas seulement avant mon tour. Il n'y avait qu'une seule porte, et j'imagine par conséquent un seul médecin. Combien de temps allais-je devoir attendre avant de me voir délivrer un sésame pour me libérer de ce monstre dans mes entrailles ? Je continuais à feuilleter les brochures. Je n'aurais pas dû. Je fondis en sanglots devant la photo d'un chérubin potelé avec son bonnet sur la tête, à la sortie de la maternité. Je n'arrivais pas à me contenir. Je me disais « Merde, merde, merde, voilà plus de dix ans que je souffre de ne pas avoir d'enfants, que je regrette ce premier avortement et ça y est, je l'ai, j'en ai un autre, enfin, il est là, au creux de mon ventre à moi, il est tout petit, ridicule, il a quoi, moins de dix mille cellules, mais il est accroché, au chaud, dans mon utérus, et lui aussi je vais l'envoyer retrouver les anges, au plafond ? Lui aussi, je vais le siphonner, l'aspirer, l'arracher, le tuer avant même qu'il ait pu vivre, respirer, courir, aimer, manger, picoler, fumer, baiser, vivre, vivre, vivre ! Deux avortements et une vie sans enfant. Et dans le regard des autres, un ventre sec, une femme stérile, une vie stérile, futile, inutile. Et merde ».

Le miracle de la vie. C'était la légende de la photo. Je pleurais sans bruit et le doute se faisait dans mon esprit tandis que les larmes coulaient sur mes joues. Un miracle ? Cette phrase et le doute. Le miracle ? La vie, ces derniers temps, c'était plutôt

une souffrance qu'un miracle. Et pourtant. Et si ?
Un miracle ? Après tout, pourquoi pas ? Antoine
m'a fait l'amour le lendemain du viol. Et si c'était
lui ? Et si c'était Antoine le père ? Et si ses spermatozoïdes avaient soudainement retrouvé de la vélocité ? Et s'ils avaient voulu se presser, pour une
fois, au lieu de prendre leur temps ? Un miracle.
The miracle of love will take away the pain. Et si
j'étais sur le point de décider de me débarrasser
de l'enfant d'Antoine. Son petit garçon. C'est un
petit garçon si c'est l'enfant d'Antoine. Dans sa
famille, ils ne font que des filles. Mais lui c'est
mon Antoine. Et ce serait un garçon, forcément.
Un petit garçon, qui lui ressemblerait. Un grand
brun aux yeux clairs, aux larges épaules, avec un
nez en bec d'aigle royal, les sourcils tombants et
un sourire éclatant.

Je n'ai jamais cru en Dieu. Non, me suis-je dit,
ma pauvre fille, ce n'est pas possible. Ce ne pouvait
pas être l'enfant d'Antoine. Je voulais bien croire
aux coïncidences mais pas aux miracles. J'en étais
là lorsqu'on appela mon numéro. Je n'avais pas vu
le temps passer, ni mes voisines de salle d'attente
disparaître. Une porte s'est ouverte et un homme
(oui, un homme !) en blouse blanche me fit un sourire en me voyant me lever. Je fis quelques pas vers
lui, avant de me retourner, et de m'en aller. Je me
revois tournant les talons et je revis ce moment en
vous le décrivant.

Je m'en vais.

Je suis décidée.

Je suis en état d'hyperconscience.

Je m'en fous. C'est fou, c'est n'importe quoi mais je m'en fous.

Je le garde. *I made up my mind, I'm keeping my baby.*

C'est l'enfant d'Antoine.

Encore une fois, si je décide que c'est l'enfant d'Antoine, c'est l'enfant d'Antoine. C'est simple, non ? C'est SON enfant. De qui d'autre pourrait-il être, de toute façon, cet enfant ? Ce n'est pas avec mon boulot de dingue que je vais entretenir une liaison avec le chef comptable quand même. Et puis je suis trop bien élevée pour accepter de coucher avec le premier steward ou maître nageur venu. C'est SON enfant. Je ne couche qu'avec Antoine. Je suis enceinte. Je n'ai jamais été violée. C'est SON enfant, point barre. CQFD.

Et voilà comment, en trois dixièmes de seconde, j'avais décidé de le garder. De garder cet enfant. L'enfant d'Antoine. De le garder, de le mettre au monde dans la douleur, de le nourrir, de l'aimer, de l'élever, de le chérir, de le voir grandir, souffrir, s'épanouir, partir, revenir… C'était ma revanche sur le monstre. J'étais dans un état d'excitation paroxystique. Je criais presque :

– Tu croyais me baiser, hein ? C'est moi qui te baise, tiens ! Tu croyais me faire souffrir ? Tu fais de moi la femme la plus heureuse du monde. Grâce à toi je vais pouvoir combler ce vide qui me rongeait. Grâce à toi je vais rendre Antoine fou de joie, le plus heureux des hommes. Papa, il va être papa. Et moi je vais être maman, enfin, je vais cesser de n'être qu'une demi-femme. Je vais être maman. Nous allons avoir un fils grâce à toi, connard. Tu croyais me détruire ? Tu t'en foutais en fait, tu voulais juste tirer ton coup ? Non, non, tu voulais me détruire. Un violeur ne prend son pied qu'à la vue de la trouille de sa victime, il veut la dominer, l'écraser, l'anéantir, la transpercer et la forcer pour la marquer à jamais. Eh bien tu vois, c'est raté, minable ! Tu ne m'as jamais violée, tu n'existes pas, tu n'es rien, rien qu'un pauvre mec, rien qu'un détraqué qui finira en prison un jour ou l'autre. Alors que moi, je vais être mère, comblée, je vais rendre mon mari fou de joie et je t'emmerde !

11

Je suis sortie épuisée, étourdie, en transe, comme si je venais de danser jusqu'à m'évanouir, comme les danseuses de flamenco d'Andalousie ou les Gnawas de Marrakech, et j'ai pris un taxi pour rentrer à la maison. Il me fallait remettre de l'ordre dans mes esprits. Mardi, pas de femme de ménage, j'avais de la chance, l'appartement pour moi seule. Enceinte, donc. Il fallait que je m'y fasse. Peut-être d'Antoine, 1 % de chances, plus sûrement du violeur, 99 %. Les faits sont têtus. Mais moi aussi. Et je faisais partie, hélas, de celles et ceux qui considèrent que la pensée est au-dessus de tout, pauvres fous. Et donc, j'étais réellement persuadée au fond de moi que si je décidais de penser que c'était l'enfant d'Antoine que je portais, ce serait l'enfant d'Antoine. Je me suis quand même posé la question de procéder à un test de paternité. Un rapide coup d'internet me renseigna : ce n'était pas évident, mais les récentes avancées scientifiques permettaient d'effectuer une recherche de paternité tout en étant enceinte, sans recours à l'amniocentèse. Il fallait pour cela que j'effectue une prise de sang et que je récupère un cheveu d'Antoine. Ensuite, envoyer le tout à un laboratoire aux États-Unis : le sang de la mère enceinte contenait suffisamment d'ADN pour qu'il soit comparé à celui de l'échantillon du père potentiel. La réponse serait renvoyée par la poste. Cette démarche restait illégale en France, et il fallait attendre d'être enceinte de douze semaines. Le laboratoire revendiquait une fiabilité des résultats de plus de 99 %.

J'ai choisi de ne pas le faire. J'avais trop peur du résultat. J'aurais su avec certitude ou presque que ce n'était pas son enfant que je portais. Et j'aurais avorté. Je ne voulais pas. Je voulais cet enfant. Alors non. Pas de test de paternité. Non et non, pas d'hésitation, pas de question. Je n'allais pas laisser passer ma chance. Après tout, la génétique est suffisamment mystérieuse. J'allais garder cet enfant et ce serait l'enfant d'Antoine. Notre fils. Il était 13 heures, ce mardi-là, quand j'ai ancré cette décision. Elle était irrévocable. Plus rien ne me ferait changer d'avis. Mourir le ventre sec après deux avortements, non, je ne voulais pas, je ne pouvais pas m'imaginer cela.

Voilà, j'avais choisi. J'étais fière de moi. Pauvre idiote. Il n'y avait plus qu'à poursuivre la route. Je me suis donc mise à penser à la prochaine étape : l'annonce. *Comment lui dire* ? Comment annoncer un miracle ? Je n'étais pas encore suffisamment sûre de moi pour lui annoncer avec joie, avec cette sincérité nécessaire, avec le bonheur simple, naturel et spontané, qui ferait qu'il m'enlacerait, me sauterait au cou et se mettrait immédiatement à me considérer comme une petite chose fragile, comme la mère de son futur fils, comme une porcelaine que le moindre choc peut briser. Il fallait que je poursuive le travail sur moi-même, que je devienne heureuse d'être enceinte, que ce mensonge transcende la réalité pour se transformer en l'unique vérité, que ce soit une évidence.

Enceinte, je l'étais, pas de doute possible, c'était déjà une première étape. Mon corps me le rappelait chaque matin et une irrépressible envie de faire la sieste me tenaillait dès le déjeuner terminé. C'était l'heure, d'ailleurs, et bien que n'ayant pas déjeuné, j'ai décidé de fermer le robinet à pensées, de me laisser aller, et de dormir. Et je me souviens très bien que, pour la première fois depuis cette maudite soirée, je me suis endormie un après-midi, comme ça sans le voir, l'autre maniaque, sans penser à ses yeux.

J'ai émergé en fin d'après-midi, comateuse et tenaillée par la faim. Une brusque envie de gras m'a saisie, et je suis sortie pour manger au McDo. Cela devait faire au moins cinq ans que je n'avais pas poussé la porte d'un McDo. Rien n'avait changé, à part l'installation de bornes de commandes pour diminuer l'attente. J'ai eu quasiment un orgasme gustatif, à me goinfrer de frites et de sel, de gras dégoulinant du steak entre mes doigts, le tout baignant dans le sucre du Coca-Cola que j'aspirais avidement à la paille. Moi qui ai tant frustré Antoine à lui imposer de manger plus sain… Je passai un coup de fil au bureau pour rassurer ma secrétaire et vérifier qu'il n'y avait pas de changement dans mon agenda du lendemain. J'étais contente d'avoir résolu avec brio une équation qui semblait pourtant insoluble ! Je pouvais être fière de moi...

12

Deux semaines plus tard, j'étais prête. Mes nausées matinales étaient moins violentes, et j'avais ces premiers gargouillis dans le ventre qui signalent qu'une vie prend forme. J'étais enceinte, et je commençais à être sincèrement heureuse de l'être. Ce bébé était en train de me sauver. Mon plan fonctionnait à merveille. Pas de petite musique dans ma tête me disant « Mais Claire, tout cela n'est qu'une immense comédie, tu te mens, arrête ». Non, rien. Mes seins se tendaient, mon corps s'adaptait et je n'allais plus pouvoir dissimuler mon état beaucoup plus longtemps. Il était temps. J'ai appelé Antoine un après-midi, pour lui proposer d'aller dîner chez Swann et Vincent, un petit restaurant italien boulevard Garibaldi, où nous allions fréquemment. Une envie de pâtes, rien de plus. Je voulais que la surprise soit totale, et si je lui avais proposé de nous retrouver dans un grand restaurant, l'effet de surprise aurait été moins important. Il est passé me chercher à la sortie du bureau, nous avons discuté dans la voiture, partagé les faits marquants de notre journée, évoqué nos banalités usuelles, mis quarante minutes à nous garer et écouté le serveur nous commenter l'intégralité de l'ardoise du jour. De toute façon, nous prenions toujours la même chose : bruschette en entrée, puis des spaghetti alle vongole, nos pâtes préférées.

J'ai attendu que nos verres de vin nous soient servis et, au moment de trinquer, je lui ai annoncé que j'avais envie de changement. Que j'avais envie que l'on fasse des travaux dans l'appartement. Antoine a toujours été rétif au changement. Pas aux changements, non, au changement. À quelque changement que ce soit. Et je savais qu'attaquer par la rénovation de l'appartement allait l'énerver. Cela n'a pas manqué, mais pourquoi allions-nous nous pourrir la vie à avoir des ouvriers, de la poussière, du bruit, alors que cet appartement est très bien comme il est, que la façon dont nous l'avions aménagé était exclusivement le reflet de mes choix à moi et qu'il apprécierait que je grandisse et que j'arrête cette perpétuelle quête de nouveauté !

– Ben oui, tu as raison, mon chéri, je sais bien, c'est pénible, mais on ne va pas laisser notre enfant dormir dans un bureau, quand même, non ?

– …

– Ou dans notre chambre ?

…

– Antoine ?

– Non ?

– Si !

– Tu es enceinte ? Tu es sûre ? Ce n'est pas une blague ? Mais comment est-ce possible ? Depuis quand ? C'est pour quand ? Tu vas bien ?

– Chuuut…

Toute ma vie pour cet instant ! Sa main sur la mienne posée, son sourire. Pouvoir le vivre, et le revivre, éternellement. Son émotion débordait. Il était intarissable, joyeux, excité, attentionné. Ses yeux pétillaient. Il redevenait un homme, enfin, et il en était fou de joie. Stérile disparaissait de son vocabulaire. Bouleversé. *Tout a changé le jour où je t'ai donné la vie.* Il était pris de vertige, perdu, ébahi devant cette perspective nouvelle. Je sentais son amour m'envahir et je jubilais au plus profond de moi : j'avais eu raison. J'avais raison. Quelle intuition, quel chef-d'œuvre, quel magnifique retournement de situation. Simple et limpide : cet enfant, c'était l'enfant d'Antoine, c'était notre bonheur, c'était la solution. Notre avenir prenait un tour enchanteur, et plus rien ne viendrait se mettre en travers de la belle histoire qui nous attendait. J'y croyais, dur comme fer. J'en étais persuadée, j'avais gagné. Tout ce qui ne tue pas rend plus fort. Faire de chaque crise une opportunité, comme disent les manuels d'entreprise. Pauvre folle que j'étais. J'y croyais, ce soir-là, devant mon plat de pâtes. J'y ai cru, de toute mon âme. *C'est un beau roman, c'est une belle histoire.*

À partir de ce moment, je me suis transformée en princesse. Antoine en valet de pied, aux petits soins, à l'écoute du moindre de mes désirs me couvrait d'attentions : pas de vin, pas de longs trajets en voiture, et surtout aucun stress ; il s'est même mis à faire les courses, à remplir les formalités administratives, à me servir le petit déjeuner au lit le week-end. Il a acheté tous les livres, et les a dévorés, les *J'attends un enfant, Attendre mon enfant aujourd'hui, Le livre de bord de la future maman, Attendre bébé*. Il me lisait les passages les plus importants à ses yeux chaque soir, selon un rituel où je lui rappelais gentiment que non, être enceinte n'était pas une maladie et que j'avais envie de lire mon roman plutôt que d'écouter ses fadaises.

J'ai continué à être malade jusqu'à la fin du premier trimestre de grossesse et là, miracle, les nausées ont cessé, la fatigue et la lassitude se sont évaporées, mon ventre s'est arrondi et les gargouillis se sont multipliés à l'intérieur, preuve s'il en était besoin que la vie grandissait, que le fils d'Antoine se développait, cellule après cellule. J'étais radieuse, épanouie, en pleine forme. Un appétit d'ogre, les seins tendus, et des envies de sexe, de me perdre dans les bras d'Antoine. Heureuse. Je rayonnais au travail et j'arrivais même à aller déjeuner un dimanche par mois chez les parents d'Antoine sans considérer cela comme une épouvantable corvée. Je m'endormais chaque soir dès que je me glissais dans les draps, et mon sommeil était lourd et réparateur. Je ne me souviens pas d'un seul rêve de toute cette période. J'avais cette impression de plénitude qui fait que l'on se retourne avec un air vengeur vers son réveil quand il sonne alors qu'on vient à peine de sombrer et qu'on se rend compte avec un sourire béat que c'est le matin, et que huit heures pleines ont passé !

Notre vie sociale n'avait jamais connu un tel foisonnement : Antoine était tellement fier de sa femme enceinte, de sa paternité à venir, de cette virilité redécouverte, de cette fertilité tombée du ciel, de la vitalité retrouvée de ses spermatozoïdes, qu'il m'exhibait jusqu'au sixième niveau de ses relations. Je jouais le jeu de bonne grâce, heureuse qu'il soit heureux, heureuse de le rendre heureux. Je n'avais même plus besoin de me mentir. Parfois j'allais jusqu'à me dire que tant de bonheur pourrait être l'occasion d'entreprendre de me réconcilier avec ma sœur. Mais elle avait choisi de tout quitter pour vivre sa vie, de l'autre côté de la terre, et je n'avais aucun moyen de la joindre.

13

La deuxième échographie a confirmé ma féminine intuition. C'était un garçon. Sans aucun doute, on ne voyait que ça, son pénis de déjà huit millimètres ! Antoine était au nirvana. Jamais pris de dope, mon Antoine, mais tout y était. *Lucy in the Sky with Diamonds*. High en permanence, arborant une espèce de sourire béat, plus rien ne pouvait l'atteindre. Les erreurs répétées de nos gouvernants, la médiocrité crasse de ses dirigeants, l'incivilité des voisins qui jetaient leurs mégots dans la cour, tout ce qui avait le don de l'agacer au dernier degré, il s'en foutait dorénavant. Tout entier dévoué à mon service et à mon bien-être. Les semaines d'avant cette deuxième échographie, il prenait déjà soin de moi comme si j'étais une huître développant la plus belle perle de tout le Pacifique. Maintenant que je portais l'Héritier, j'étais devenue la première merveille du monde, la seule encore sur cette terre. Khéops et sa pyramide de nain étaient balayés de la surface de la planète. Seul subsistait un petit garçon, pas encore né mais déjà présent et assurément destiné à être le meilleur d'entre nous…

Vinrent les discussions sur le prénom. Nous sommes vite tombés d'accord pour un prénom sobre et classique. Antoine et Claire n'allaient pas élever un Appolin, un Melchior ou un Brieuc. Non, ce serait forcément Pierre, Jean ou Matthieu. Tous deux athées, nous en étions à nous chamailler pour trancher entre un Pierre sur lequel on peut bâtir une Église, Matthieu le percepteur repenti et Jean le disciple favori, jeune et efféminé. Je voulais Jean. Il voulait Matthieu. Nous avons choisi Pierre, ensemble. Une solution qui donnait à chacun le sentiment d'avoir laissé de côté son propre ego et de s'être « sacrifié » au bénéfice d'une cause supérieure, de cette entité qu'on appelle le couple.

Pierre, donc. *Pierrot, mon gosse, mon frangin, mon poteau, mon copain, tu me tiens chaud. Pierrot, oh.*

Un agité, pas très gros, Pierrot, mais actif. Un joueur de football. Un agité qui m'aura couverte de bleus à l'intérieur à force de m'envoyer ses coups de pied.

Un jour, je me souviens, au cours du septième mois, plus rien. Un jour, rien qu'un jour, je me suis inquiétée bien sûr mais je me suis raisonnée aussi vite. Un seul jour, il ne fallait pas surréagir. Et puis vint un deuxième jour. J'avais beau poser les mains sur mon ventre, sur mon dos, sur mes hanches, pas un mouvement, pas une vibration, pas un signe de vie. Il était mort dans mon ventre, mon Pierre. Voilà, on y était, c'était un retour brutal à la réalité : je n'aurais même pas eu le droit au bonheur plus de quatre mois. Toute la suite défilait dans ma tête en Technicolor, *sur l'écran noir de mes nuits blanches.*

L'avortement thérapeutique, on enlève ce cadavre de mon utérus, je ne sais même pas comment, parce qu'il est gros déjà, ils ne peuvent plus l'aspirer, ils me le font expulser ou c'est une césarienne ? C'était épouvantable. J'étais inconsolable. Désespérée à l'idée de perdre l'enfant d'Antoine. J'aurais pu, et Dieu sait que j'aurais dû, être gaie à la perspective de me débarrasser du rejeton du monstre mais non, pas une seconde cela ne m'a effleuré l'esprit. J'étais complètement immergée dans mon rôle, habitée par lui, j'étais cette femme de quarante ans dont l'espoir, le dernier espoir, allait être brisé, si près du Graal, à deux mois du terme.

Je pleurais quand Antoine est rentré, incapable de faire quoi que ce soit. Désarmée, une petite fille qui attendait son papa, je ne savais plus penser ni réfléchir, j'étais la femelle éléphant, prostrée sur la dépouille de son petit tué pendant la nuit par une horde de lionnes et je n'arrivais pas à me résoudre à lui dire adieu, j'étais la femme africaine qui pleure son nouveau-né mort de faim, j'étais la veuve palestinienne qui s'arrache les cheveux et hurle à la mort devant la dépouille de son fils victime de la guerre, j'étais tout le malheur du monde.

J'ai réussi à bredouiller que Pierre était mort, que j'en étais sûre, que j'étais désolée, que je lui demandais pardon, que j'aurais tellement aimé lui donner ce fils, pourrait-il un jour me pardonner, que je n'étais qu'une bonne à rien, même pas à aller au terme d'une grossesse, que ça devait être à cause du stress au bureau, s'il avait su comme je m'en voulais. Plus je parlais plus mes joues s'inondaient de larmes, lourdes comme une pluie d'orage, qui roulaient avant de tomber sur mon chemisier, comme autant de taches de sang qui seraient venues rappeler que la vie me quittait. Antoine n'a pas paniqué. Il a pris les choses en main et m'a emmenée au Franco-Britannique, à Levallois, là où je devais accoucher, aux bons soins du chef de service obstétrique.

Pas de trajets en voiture trop longs, avait décrété Antoine dès l'annonce de ma grossesse ; celui-là, je vous l'assure, n'a pas été long. Antoine m'a fait un Fast and Furious. En dix minutes nous étions sur place. Monitoring, tout de suite. Le cœur bat. Il n'a rien. Il va même très bien. Il a juste décidé de se reposer, ce sont des choses qui arrivent. Vous pouvez rentrer chez vous. Regard blasé de l'interne sur le thème « encore une femme qui panique, il faudrait leur dire que voilà plus de 300 000 ans que les sapiens sapiens mettent des enfants au monde, et que ça se passe bien ». Il a murmuré quelque chose à l'oreille d'Antoine. Quoi ? Je n'en sais rien, Antoine a toujours refusé de me le dire. J'imagine que mon hystérie de cette soirée, cette fragilité nouvelle, a inquiété Antoine au point de prendre un congé de longue durée pour m'accompagner jusqu'au terme.

14

Nous avons passé ensemble à la maison les huit dernières semaines, à attendre l'accouchement, et l'entrée si attendue de Pierre dans notre vie, dans notre monde. Antoine a acheté un stéthoscope et a écouté religieusement mon ventre trois fois par jour. C'était inutile. Les coups de pied avaient repris de plus belle. À croire que Pierre avait simplement voulu nous tester. Me tester, plus certainement. Mettre à l'épreuve ma détermination. Avec Antoine, nous avons redécouvert la vie à deux, loin du boulot ; une vie simple et complice, nous avons joué à des jeux de société, nous avons ri, lu, partagé nos impressions sur ces lectures, regardé la télévision, et parlé pendant des heures de tout ce que nous allions faire avec Pierre. Nous nous sommes promenés, main dans la main, dans les parcs, comme font les amoureux de vingt ans.

Antoine a aménagé la future chambre. Il a débarrassé son bureau, son espace à lui, celui où c'était à peine si j'avais le droit d'entrer. Je n'ai jamais su s'il y travaillait vraiment, dans ce bureau. L'ordinateur y trônait, certes, ainsi qu'une tonne de papiers, mais j'ai toujours soupçonné Antoine de s'y enfermer pour se livrer à des activités à caractère hautement répréhensible, visite de sites sur lesquels on ne va pas surfer avec l'ordinateur du boulot, activité typiquement masculine et égoïste, je ne savais pas. Et je m'en foutais. Toujours est-il que ce bureau s'est transformé en chambre d'angelot. Antoine, qui n'avait jamais rien fait de ses mains, s'est fait aider par son père, et à eux deux ils ont tout refait, l'enduit, la peinture, la moquette, les rideaux. Ils ont même installé des prises de sécurité pour que Pierre ne vienne pas à s'électrocuter quand il serait en âge de se déplacer.

Ils ont poncé et bricolé une vieille commode à tiroirs qui traînait à la cave pour la transformer en table à langer, ils ont écumé les puces pour trouver une chaise haute ancienne, une de ces chaises qui se plient en leur milieu, ils ont acheté plusieurs mobiles en bois brut, qu'ils ont peints de couleurs vives, un oiseau multicolore qu'ils ont suspendu au plafond, et une farandole de nains adorables à attacher à la flèche du berceau. Le berceau. Il trônait, couvert de dentelles blanches. Le berceau dans lequel Antoine avait grandi, et ses deux frères et sa sœur avec lui. La mère d'Antoine l'avait fait refaire entièrement et je dois dire que pour une fois je bénissais une de ses initiatives. Il était splendide, ce berceau, tout en métal, avec une nacelle tressée comme un moucharabié Art déco, et son intérieur tout entier recouvert d'une fine dentelle blanche. Un vrai berceau de princesse, pour celui qui allait sans nul doute régner sur nos vies et sur nos nuits, pour Pierre Ier, Pierre le Grand, Pierre le Désiré, l'Attendu, le tant Attendu.

15

L'attendu se fit attendre. Il avait eu beau s'agiter, finalement, il n'était pas si mal, au chaud, dans son jacuzzi avec gîte et couvert. Et c'est d'une façon très romantique que j'ai dû accoucher : en fonction de l'agenda de mon obstétricien. Un accouchement déclenché, programmé. Le terme « théorique » était au 21 octobre, nous étions entre gens civilisés et bien organisés, Pierre respectait déjà ça, et je fus donc convoquée à 9 heures, le 21 octobre. Ponctuel, à l'image de son père. À 10 heures, on m'injectait l'ocytocine et à 11 h 30 j'étais prête à assassiner la terre entière. Je ne sais pas ce que faisait l'anesthésiste, mais manifestement il n'avait pas prévu que je réagirais aussi vite et l'heure que j'ai passée à l'attendre, à hurler de douleur et à agonir le pauvre Antoine d'injures quand il essayait de me réconforter, de me prendre la main ou de m'embrasser, cette heure-là je m'en souviens encore aujourd'hui.

Malgré la douleur, malgré la peur physique, la peur panique que ce brave nourrisson me déchire le ventre et les entrailles, je me préparais mentalement à un heureux événement : c'était l'aboutissement de cette période d'attente, le point de départ d'une nouvelle vie où tout allait changer, pour le mieux.

Las, cette heure s'est étirée, a duré en longueur. La douleur se faisait de plus en plus intense. Et ma belle carapace s'est fissurée. L'espace d'un instant, d'un éclair, j'ai eu une vision, un doute. Je souffrais tellement que j'ai dû procéder par association d'idées. Souffrance égale pénitence, supplice égale punition, agonie égale expiation. J'ai mal. J'ai tellement mal. Je suis en train de souffrir le martyre, tout ça pour quoi ? Pour donner la vie à quoi, à qui ? Le doute refaisait surface, brusquement. Peut-être que ce Pierre, ce n'était pas Pierre. Pas un apôtre, pas un pilier sur lequel on peut construire une vie avec confiance. Pourquoi peut-être ? Sûrement. Certainement. Je me disais « Arrête de te mentir, Claire, tu le sais, tout au fond de tes entrailles, tu le sens. Ce Pierre, c'est Pierrot le Fou. C'est le fils de l'autre dingue. Les spermatozoïdes d'Antoine ne se sont pas mis à la vitesse turbo par enchantement. Tu te racontes des salades, ma pauvre fille. Tu douilles, tu morfles, *tu gémis à présent qu'a sonné l'heure*, tu veux mourir, tout ça pour donner la vie à un monstre, pour perpétuer le patrimoine génétique d'un psychopathe ». Une fulgurance, je vous dis. Comme un éclair qui déchire le ciel de haut en bas dans un orage sans pluie d'une nuit d'été. Depuis six mois, pas une fois, je ne m'étais égarée comme ça. Je n'y avais plus jamais pensé. J'avais réussi mon pari, oublié le viol, enfoui les doutes, balayé les évidences, construit ma forteresse et creusé de telles douves qu'elle était devenue imprenable. Je l'avais renforcée jour après jour et d'un coup elle se fissurait, elle tombait en ruine, comme sous l'impact d'un soudain tremblement de terre. Ce tsunami de douleur allait finir par emporter toutes mes certitudes sur son passage.

Et puis l'anesthésiste est arrivé. Grand, très brun, une petite quarantaine, de magnifiques yeux clairs. Et sa voix. Une voix tellement apaisante. Elle a tout éteint, sa voix. Il avait la voix de Sami Frey, celle des promenades dans Rome avec Nathalie Baye. Il m'a hypnotisée, et je me suis retrouvée inondée de pensées positives. Il m'a parlé, m'a demandé de me retourner, a palpé ma colonne vertébrale et je l'ai laissé faire. Je pleurais. Il me disait que la douleur allait cesser, j'ai senti ses mains se poser sur mon dos, et il est devenu un chaman, un faiseur de miracles. La douleur a disparu, mes noires pensées ont été balayées, mon cœur s'est apaisé et le temps a filé.

16

La délivrance est arrivée vers 13 heures. *Délivrance*. Il m'avait marquée, ce film de John Boorman. Une bande de dégénérés consanguins, habitants dans un bled perdu, qui viennent perturber le week-end de descente en canoë de quatre citadins dans une forêt de l'État de Géorgie, si mes souvenirs sont bons. Perturber, je devrais dire bouleverser. Foutre en l'air. Ravager. La pression monte d'abord avec ce duel banjo/guitare entre un gamin dont on ne sait s'il est attardé ou simplement doué, et l'un des quatre cadres. Inoubliable. Vient ensuite le viol, insupportable, ce pauvre mec nu comme un ver, attaché à un tronc d'arbre. Enfin pleuvent les flèches comme autant de punitions divines sur les attardés mentaux. Une horreur, ce film.

Délivrance, donc. Accouchement. En moins d'une heure, Pierre avait pointé la tête. Enfin j'étais mère. Fatiguée, chiffonnée, exsangue mais heureuse. Tout s'était bien passé, je l'ai senti traverser mes hanches pour aller vers la lumière, mon Pierre. Antoine était fou de joie, le contact de ce petit garçon tout sanguinolent contre ma peau donnait enfin vie à mon rêve, à son rêve, à notre rêve. Il a coupé le cordon avec fierté, en me regardant dans les yeux. J'étais mère. Il était père. Papa, maman, heureux, jusqu'à la fin des temps. Antoine lui a donné son premier bain, et nous avons regardé l'obstétricien lui faire son Apgar. Examen de passage passé haut la main. Reçu avec mention très bien. Dix sur dix. Un petit gaillard de 51 cm, 3,2 kilos, qui s'accroche aux doigts, à la peau rose, au cœur tonique et au cri tonitruant. Avec de grands et beaux yeux bleus.

Quatre jours passés à la maternité, entre visites et mondanités, siestes et apprentissage des premiers gestes, change, bain, soin du cordon, prémices de la vie en commun. De bouquets de fleurs en pyjamas adorables, d'assiette creuse en salopette, de lapin en peluche en hochets à grelots, ma chambre à l'hôpital devenait une véritable caverne d'Ali Baba et j'étais aussi gâtée que si j'avais eu des triplés. Beau-papa et belle-maman étaient aux anges, et à les voir rayonner ainsi, je souffrais de mon statut d'orpheline et je pensais avec nostalgie à maman, qui aurait tant donné pour pouvoir bercer Pierre elle aussi et lui chanter *une chanson douce tous les soirs en s'endormant*. Pour mieux me reposer, sur les conseils d'Antoine, je laissais Pierre à la nursery la nuit, non sans avoir vérifié trois fois au moins qu'il portait bien son bracelet bleu indéchirable à son nom, histoire d'éviter tout incident du genre *La vie est un long fleuve tranquille*.

J'avais décidé de ne pas donner le sein. Tout ce que j'avais vu des femmes qui allaitaient, c'était des mères épuisées, aux yeux cernés, vidées de leur substance, des couples au bord de la crise de nerfs, qui ne pouvaient jamais laisser leur progéniture aux grands-parents, qui ne pouvaient pas sortir seuls, dont tous les projets étaient réduits à l'heure de la prochaine tétée. Cette vague de politiquement correct sur l'allaitement me rebutait au plus haut point, et j'avais décidé de l'assumer, en choisissant de donner des biberons à mon Pierre. Antoine était d'accord avec moi, lui qui avait envie de se lever toutes les nuits, de prendre son fils dans ses bras, de ne pas être simple spectateur mais aussi pleinement acteur du développement du nouveau venu. De toute façon, il n'avait pas beaucoup le choix. Et notre Pierre, bonne pâte, s'est montré plus que coopératif, se jetant si goulûment sur les biberons qu'il n'y avait même pas besoin de les réchauffer.

Le retour à la maison s'est fait sans encombre, Pierre a pris possession de son berceau immaculé. Il a naturellement occupé tout l'espace de notre vie, sans bruit ni fureur. Nous avions de la chance : Pierre s'est trouvé être un bébé facile, qui poussait de grands cris joyeux pour nous annoncer qu'il avait faim, aux siestes tranquilles, aux nuits paisibles.

Quelques semaines de bonheur. Si peu de cris, jamais de pleurs. Une vraie publicité pour tout, les couches des bébés rieurs, les petits plats pour bébés fonceurs, la farine pour bébés dormeurs, Pierre était le bébé parfait. Pierre a été le soleil de mes nuits, le soleil de ma vie pendant ces mois. Antoine a tout fait avec moi. Au début, nous tenions un cahier pour nous passer les consignes. Tout y était noté, les heures de soin du cordon, ce qu'il y avait dans la couche quand l'un ou l'autre l'avait changé, la quantité de lait ingurgitée, la qualité du rot, nous ne laissions rien au hasard. Nous confiions Pierre à mes beaux-parents un soir par semaine. Ils étaient aux anges et nous pouvions sortir, faire l'amour et dormir tout notre soûl. Jeunes parents à quarante ans, ça fatigue.

Puis vint le temps de reprendre nos activités respectives. Nous avons cherché et trouvé une nounou. La directrice des ressources humaines en moi avait repris le dessus, et le processus de recrutement se devait d'être impeccable. J'avais prévu de tester la motivation des différentes candidates, d'éplucher leurs parcours, de prendre des références et d'organiser des mises en situation. À la fin c'est Antoine qui a choisi en me rappelant que le potentiel d'évolution et le niveau d'ambition de nos postulantes, franchement, on n'en avait rien à foutre. Ses critères à lui étaient bien plus simples que les miens : allait-elle être présente, allait-elle en prendre soin, de Pierre la Merveille, et saurait-elle lui faire des câlins ? Notre choix s'est porté sur une Haïtienne de cinquante ans, qui avait fini d'élever ses enfants, une force de la nature, noire comme la bakélite des téléphones de mon enfance, aussi grande qu'Antoine, et un éclatant sourire aux lèvres à chaque instant. Danièle allait s'occuper de Pierre pendant nos journées de travail et soulager notre conscience de l'abandon que nous allions lui faire subir.

J'ai donc pu reprendre mon poste, après les dix semaines de congé maternité, l'esprit aussi tranquille que possible, même si les premiers jours furent difficiles. Mais Pierre était entre de bonnes mains et la vie a repris son cours, entre les comités de pilotage, les bisous câlins caresses, les recrutements délicats, l'apparition de la première dent, à quatre mois, les négociations salariales annuelles obligatoires et les sorties au parc.

Nous étions partis, parés, pour les vingt prochaines années. Antoine, Claire et Pierre vous prient d'observer leur bonheur réglementaire et espèrent que vous effectuerez un agréable voyage en leur compagnie.

17

On naît avec tout en taille réduite. Sauf nos yeux.
Nos yeux ont quasiment leur taille définitive à la
naissance. Comme il a de grands yeux ! Les scientifiques vous diront que l'œil continue à grandir, un
peu, mais leur croissance est sans aucune commune
mesure avec le reste de nos organes. Pierre avait
donc de grands yeux, à la naissance, comme chacun.
Et de grands et beaux yeux bleus. *Baby's got blue
eyes*. Comme son père. Comme sa mère. Comme
tout le monde, aussi. Dans nos sociétés occidentales,
tous les bébés naissent avec les yeux bleus.

C'est un peu après le cinquième mois que son
regard a commencé à s'assombrir... De bleu ardoise
à bleu intense, une légère nuance. De bleu intense
à bleu horizon sont venus les soupçons. Le bleu
horizon s'est endurci, jour après jour, pour virer
au sombre. Du sombre au noir il n'y aurait bientôt
qu'un pas. Noir comme le souvenir. Noir comme une
nuit de fin d'hiver. Noir comme le destin tragique
qui reprend ses droits avec un sourire narquois.
Noir comme l'ébène, brillant comme une lame de
couteau. Les yeux changent peu de taille. Mais ils

changent de couleur. Et ma vie de rêve a tourné au cauchemar.

C'est d'abord Antoine qui a été perturbé. La génétique est formelle, et les mythes urbains tenaces. Le gène bleu est récessif, tout le monde le sait. C'est l'exemple donné en classe de sciences naturelles. Il est dominé par le gène marron. Pour que les yeux soient bleus, il faut donc que chacun des deux gènes qui forment la couleur des yeux soit bleu. Bleu et bleu chez Antoine, bleu et bleu chez Claire, ne peuvent donner que bleu et bleu chez Pierre, CQFD. Et Pierre avait les yeux de moins en moins bleus. Au début de la métamorphose, je sentais Antoine devenir chaque jour un peu plus renfermé, silencieux, songeur. Plus la couleur des yeux de Pierre quittait les radiations du bleu, plus Antoine devenait agressif vis-à-vis de moi, à s'énerver pour un oui ou pour un non, à me faire des scènes pour des broutilles, sans jamais d'attaque frontale. Moi aussi je m'inquiétais, je me rongeais les sangs, mais je voulais continuer à y croire, envers et contre tous.

Où était passée la joie ? Où était passée notre complicité ? Un éléphant était là, posé sur la table, au milieu de notre salon et nous n'en parlions pas. Nous ne voulions pas le voir. Nous ne voulions pas aborder le sujet. Chacun cheminait, chargé d'un fardeau chaque jour un peu plus lourd de questions sans réponses. Je percevais Antoine en train de livrer un terrible combat intérieur, je ne voulais pas intervenir, tandis que je sentais se développer insidieusement mes propres angoisses. Je n'en étais pas encore à tirer les vraies conséquences de ce revirement de couleur. Je craignais d'abord pour notre couple, à voir Antoine se renfrogner chaque jour un peu plus, et s'éloigner de moi ainsi que de notre Pierre, qu'il prenait de moins en moins dans ses bras.

Le jour est venu où il n'y a plus eu le moindre doute possible, Pierre n'avait plus les yeux bleus. Pierre n'aurait plus jamais les yeux bleus. Pierre aurait les yeux noirs. Ils étaient devenus marron et fonçaient encore, de jour en jour. C'est ce jour-là que tout a basculé. Quand Antoine est rentré du travail, il a posé son cartable dans le salon, et il n'est pas passé dans notre chambre pour se changer comme il avait l'habitude de le faire chaque soir. Il s'est mis à m'agonir, à m'ensevelir sous les questions, avec une violence que je ne lui avais jamais connue. Un mois de silence et d'autocensure l'avait tendu comme la corde d'une arbalète et les questions se mirent à pleuvoir.

– Qui ?
– Qui est-ce ?
– Qui ? Avec qui m'as-tu trompé ?
– Pourquoi ?
– Qu'est-ce qu'il a de plus que moi ?
– Je le connais ?
– Tu le vois toujours ?
– Qui est le père de cet enfant ?
– Qui est-ce ?
– Tu me dois la vérité ! J'ai le droit de savoir !
– Réponds !

Un mauvais film, avec de mauvais acteurs. Qu'est-ce que je pouvais lui répondre ? J'étais incapable d'articuler quoi que ce soit. Je pleurais. *Une petite fille en pleurs*. J'étais malheureuse et ma première réaction fut de geindre. Comment pouvait-il ainsi douter de moi, m'accuser ? Dans mes hoquets, je lui jurais, je lui promettais que je ne l'avais jamais trompé, qu'il était le seul homme de ma vie, qu'il était le père de Pierre, qu'il fallait qu'il me croie, et qu'il cesse de me torturer comme ça. Je savais que je n'avais aucune chance de le convaincre de ma bonne foi. Comment pourrait-il me croire ? Lui, le scientifique. Il avait exploré tous les sites internet, lu tous les forums, les posts de tous ceux comme lui qui essayaient de se raccrocher aux branches et il n'avait rien trouvé. Rien de vraiment solide.

Mais moi aussi j'avais cherché. J'ai demandé à Antoine de me laisser un instant, qu'il me donne une chance, tout le monde a droit à une défense équitable. Et j'ai obtenu ce répit. Je lui ai avoué que le sujet me travaillait autant que lui, et j'ai eu le sentiment que cela le réconfortait. Le ton de sa voix se faisait moins agressif, moins accusateur. Moi aussi j'avais mené quelques recherches, mais plus à décharge, en quête de l'exception plutôt que de me contenter de la litanie des généralités de génétique de comptoir. Avec obstination, j'avais persévéré jusqu'à trouver une étude canadienne qui mentionnait que d'autres gènes peuvent avoir une influence et donner à l'iris une coloration plus ou moins foncée. Sous certaines conditions, l'un des parents aux yeux bleus peut être porteur du gène des yeux bruns, mais, sous l'influence de cet autre gène, il ne se dépose pas suffisamment de mélanine pour masquer le bleu. Nous étions tous les deux penchés sur le Mac, dans le salon, et il m'a embrassée. Mais j'ai su qu'il n'y croyait pas. Pas une seconde. Il faisait semblant. Toutefois, comme Pascal avec son pari, ce soir-là, Antoine avait fait le choix d'y croire, *pour un instant, pour un instant seulement*.

18

La marée montait. Mon château de sable vacillait.
La réalité était peu à peu en train de me rattraper.
Quelque chose est devenu moche et s'est cassé.
Antoine est parti travailler un peu plus tôt chaque
matin, et s'est mis à rentrer un peu plus tard chaque
soir. Paradoxalement, il s'éloignait de moi mais
il s'est remis à passer du temps avec Pierre, à le
changer, à le chatouiller, à lui chanter des chansons et à passer en revue les différentes parties de
son visage avec ses doigts pour lui apprendre le
nez, le front, les joues, le menton. Pas les yeux.
Et Antoine me parlait chaque jour un peu moins
que la veille, juste pour des aspects logistiques, des
passations de consigne ou la gestion de notre vie
sociale. J'étais accablée de le voir m'échapper ainsi,
tout commençait à me glisser entre les doigts. Ce
n'était que le début.

Tout ce que je tentais pour me rapprocher d'Antoine
et retrouver notre complicité perdue se heurtait à un
mur. J'essayais tout, je variais les registres. Mais
j'avais beau être tour à tour lascive, attentionnée,
putain, maman poule, cuisinière, bru idéale, rien

n'y faisait. Antoine me faisait l'amour du bout des lèvres, de moins en moins, malgré mes mots crus, mes encouragements, mes autorisations à emprunter des sentiers habituellement interdits. Il ne voulait pas sortir, même déjeuner avec ses parents le rebutait. Il ruminait, écartelé, tendu, pris entre tant de sentiments contradictoires. Père ? ou pas père ? Mari ? ou cocu ? Mari et cocu, père d'un enfant qui n'est pas le sien, future risée de ses copains. Nous ne sortions plus, et il n'était plus question d'exhiber fièrement notre Pierre. Plus personne ne devait voir cet enfant *aux yeux noirs, couleur de trottoir*, avec deux parents aux yeux bleus. Antoine avait déjà suffisamment de mal à supporter l'idée qu'il fût potentiellement cocu, il lui aurait été intolérable que d'autres puissent le penser, et commencent à jaser derrière son dos.

Je vous passe toute la tension de ces quelques semaines, elle est indescriptible. Un huis clos étouffant, une valse de faux-semblants et une cohabitation malsaine, auxquels seul le travail me permettait d'échapper. Antoine m'aimait de moins en moins, c'était palpable et je ne savais pas comment sortir de ce cercle vicieux de doute, d'absence de communication, de malaise et de soupçon. Dans la tragédie qui peu à peu devenait notre quotidien, j'avais le mauvais rôle, celui de la femme infidèle, menteuse et manipulatrice, mais celui d'Antoine n'était pas flamboyant, lui qui se drapait dans une dignité mal placée, s'enfermait dans un silence obtus et faisait preuve de si peu de finesse que je voyais mon socle se fissurer et mon Antoine devenir colosse aux pieds d'argile.

Mais Pierre était là, avec nous, il était bien réel, lui, et il nous maintenait unis malgré tout, un fil ténu pour recoudre une plaie ouverte. Je ne savais pas comment j'allais gérer la suite, mais je pariais sur le fait qu'Antoine finirait par aimer plus son fils que l'idée que ce soit le sien. Mauvaise pioche. Un soir, Antoine prononça ces mots que j'attendais avec angoisse depuis la première scène.

– Je veux faire un test de paternité.

Il avait à peine enlevé sa veste en rentrant du bureau, et il sentait la bière à plein nez. C'était la seule solution, selon lui. Il était aussi malheureux que moi de la déliquescence de notre relation, de ce doute qui agissait comme un miroir déformant et nous empêchait de vivre, et il voulait tuer ce doute. Et la seule façon de tuer ce doute, c'était ce test. C'est tout ce qu'il avait à dire. Il n'ouvrirait plus la bouche tant qu'il n'aurait pas vu ce papier, certifiant qu'il était le père de Pierre. Mon ventre s'est noué, je me tordais de douleur à l'écouter mais je décidai que je n'allais pas rendre les armes. Cette fois, pas de gémissements. Cette requête, cet ultimatum, je l'ai vécu comme une gifle, comme la baffe de l'autre tordu, comme une preuve flagrante qu'il ne m'aimait pas, qu'il ne m'aimait plus. Insupportable, quand j'avais tellement besoin de lui. Alors j'ai contre-attaqué aussi fort. Puisqu'il ne comprenait rien, j'allais lui expliquer. Moi non plus je n'en pouvais plus. Je n'en pouvais plus d'être la victime de son manque de confiance, de ses accusations sournoises, de ses soupçons perpétuels, de sa méfiance et de sa jalousie exprimées ou non. Et qu'est-ce que c'est que cet amoureux qui met des conditions à son amour ? Quel genre de mari doute tellement de sa femme qu'il veut la contraindre à se soumettre à des tests, comme si un test pouvait avoir plus de valeur que la parole de la mère de son fils ? On en était donc rendu là ? Et puis quoi ? Si, contre toute attente, le test disait que peut-être il n'était pas le père, il me lapiderait, aussi ? À l'ancienne, à la main, avec un groupe d'amis en veston bleu marine, rangés du côté de l'ordre moral ? Ou à la mode moderne, comme dans les monarchies du Golfe, en m'ensevelissant sous une pelletée de gravats ? Si c'était là sa vision du couple, de notre couple, s'il continuait à se montrer trop égoïste et rationnel pour admettre qu'on ne peut pas toujours tout expliquer, s'il ne voulait pas comprendre que parfois il faut savoir décider d'être heureux plutôt que de toujours tout remettre en question, décidément, il pouvait bien faire ses valises, dégager, sortir de ma vie, et me laisser seule avec Pierre, avec mon fils, avec son fils, qu'il était à la fois trop méfiant et bien trop con pour reconnaître.

Pierre s'est mis à pleurer. Il faut dire qu'il n'avait jamais connu un tel niveau sonore dans la maison, ni senti une telle tension entre nous. Ses cris m'ont fait crier un peu plus et je me suis tournée vers Antoine, hystérique, en lui criant de se tirer. Voilà tout ce qu'il réussissait à faire, à faire pleurer notre merveille, à effrayer notre Pierre, à rendre misérable notre petit, notre premier-né, notre seul enfant. Je me suis mise à hurler, j'étais incapable de me contrôler, la tension accumulée au cours de ces derniers jours avait été trop forte et les phrases définitives ont jailli comme les pierres d'une éruption volcanique.

– Va-t'en. Maintenant. Dégage. Tu casses tout, Antoine. Tu fais pleurer notre fils. Ton fils. Oui, c'est ton fils. Tu ne le vois pas ? Regarde-moi. C'est ton fils Antoine, et je vais te dire, tu ne le mérites pas, notre Pierre. C'est ton fils et tu n'en veux pas ? Parle, dis quelque chose ! Rien ? Allez, casse-toi, disparais, sors de ma vue, sors de ma vie, je ne veux plus te voir, jamais. Tire-toi, va cuver ailleurs, va pleurer sur ton sort, chez ta mère ou ailleurs, je m'en fous, mais disparais.

Pars. Surtout ne te retourne pas.

La porte a claqué. Antoine était parti. Pierre hurlait. J'ai laissé passer quelques instants, histoire de me calmer, de récupérer ma respiration. Pierre hurlait toujours. Je suis allée prendre un verre d'eau dans la cuisine. Pierre hurlait encore. Je n'avais pas la force d'aller le chercher. Pierre hurlait de plus en plus fort. J'aurais tellement bien pris une clope. Huit ans que j'avais arrêté. Pierre hurlait. J'avais envie de fumer, pas de m'occuper de lui. Et si je descendais au tabac, en bas ? Antoine est parti. Pierre hurlait. J'aurais dû descendre chercher des cigarettes. Au lieu de quoi je suis allée dans la chambre de Pierre. Assis dans son berceau il hurlait. À pleins poumons. Il ne pleurait pas, il était rouge de colère. Et quand je suis entrée, il m'a regardée avec une intensité à la hauteur de son incompréhension d'avoir été laissé seul si longtemps. Ce seul regard a suffi. Le regard d'un bébé de huit mois. C'était la deuxième fois qu'un regard me glaçait les sangs. J'ai dû reculer, sous le choc, je n'ai pas pu me rapprocher du berceau. Je suis sortie et j'ai refermé la porte. J'avais envie de vomir, de mourir, de partir, de m'ensevelir. Et Pierre s'est remis à hurler de plus belle.

C'était lui. Pas le moindre doute. C'était lui. Je m'y étais préparée au cours des dernières semaines mais je n'avais pas encore franchi le Rubicon de me dire que le doute ne m'était plus permis. Mais qu'avais-je fait ? Comment en étais-je arrivée là ? C'était lui. Ses yeux de pervers sadique. Ce regard de maniaque. C'était lui. Tu as joué, tu as perdu, il est temps de payer, Claire. C'est l'heure de régler ses dettes. Qu'il était beau, mon plan ! Magnifique. Somptueux. Bravo. Ma revanche sur le destin, mon pied de nez à la cruauté de la vie, tout me revenait en pleine face. J'avais enfanté un monstre, j'avais perdu mon mari. L'homme que j'aimais était parti et je me retrouvais seule avec le portrait miniature de mon violeur.

Pierre pleurait toujours. Pour la première fois, je l'ai laissé sans surveillance, le temps de descendre les chercher ces cigarettes, des Camel filtre, en paquet souple, avec un briquet. Il fallait que je fume. Je suis remontée, et Pierre criait toujours. J'ai allumé ma première clope dans le salon, sans ouvrir la fenêtre. Retrouvailles avec ma vieille copine nicotine. Toujours aussi bonne, la copine, dès la première bouffée, direct au cerveau. Pierre hurlait toujours. Ma tête tournait, les battements de mon cœur se sont accélérés et j'ai vomi tout le dégoût que je m'inspirais sur le tapis du salon. J'en ai fumé une deuxième sans prendre la peine de nettoyer. Pierre hurlait toujours. Je suis encore étonnée aujourd'hui que les voisins ne soient pas venus voir ce qui se passait. Mais chacun reste chez soi, toujours. J'ai fini par trouver le courage de retourner dans sa chambre. Je l'ai pris dans mes bras, sans le regarder, et il s'est niché contre mon épaule, hoquetant à n'en pas finir. Je suis allée dans la chambre, dans notre chambre à Antoine et moi, et je me suis couchée avec lui, épuisée.

Il s'est endormi, très vite, fatigué d'avoir tant crié, mais pour moi, impossible de trouver le sommeil. Pierre à côté de moi respirait rapidement comme le font les bébés, qui donnent l'impression ainsi de tout vivre plus vite, de mettre de l'intensité et de l'énergie même dans leur sommeil, parce que chaque journée qui passe est pour eux une telle aventure. Et pourtant, je ne le regardais déjà plus avec des yeux de mère. C'était devenu un alien. Mon fils ? Non, un monstre. Je me déchirais littéralement. Je l'aime. Je le hais. Je l'aime ou je le hais ? *C'est mon fils, ma bataille*, qui dort, paisiblement à mes côtés. Et c'est son père, qui m'a violée un soir d'hiver, m'a souillée, m'a laissée à terre, tremblante et vulnérable, un maniaque, une raclure, un déchet, immonde et méprisable. Ce bébé, là, aux grands yeux presque noirs, il a 50 % de lui. Même 10 % de lui suffirait à en faire une ordure patentée. Je me suis levée et je suis allée reposer Pierre dans son berceau. Impossible de dormir avec lui. Son contact physique me glaçait. Et puis cette place, dans le lit, ce n'était pas la sienne. C'était celle d'Antoine et de personne d'autre. Antoine que j'ai attendu. En vain. Il n'est pas revenu.

19

Je n'ai pas fermé l'œil. Attentive au moindre bruit, je guettais le cliquetis de la serrure, le grincement de la porte, des pas feutrés. Rien. Dès que je fermais les yeux, le regard au-dessus de moi planait, noir comme l'aigle de Barbara. Son père l'aurait violée. Cela a fait d'elle une grande artiste. Moi, il aura fait de moi un monstre, mon violeur. J'ai fait dix allers-retours entre notre lit et le salon, pour autant de pauses cigarette. Ma gorge me brûlait. J'étais incapable de dormir. Et Antoine ne rentrait pas. Il était parti. *Parti sans rien dire.* Le sommeil a fini par me tomber dessus, mais la nounou m'a réveillée à peine avais-je fermé les yeux. Elle n'a pas fait de commentaires. Je dormais dans le salon, la fenêtre ouverte, avec des mégots autour de moi, du vomi sur le tapis, et je n'avais pas l'air en forme. Un œil réprobateur, quand même, et Danièle s'est précipitée dans la chambre de Pierre pour s'assurer que son chéri allait bien malgré l'écart de conduite manifeste de sa mère. Je me suis douchée, et je suis partie pour le boulot. Une journée de zombie, que j'ai passée à me ronger les sangs et à me demander si Antoine serait là quand j'allais rentrer. Évidemment, Antoine n'était pas là. Pas un texto, pas un appel, le vide galactique. Trois jours ont passé suivant ce même schéma, entre nuit blanche, cigarette sur cigarette, présence insignifiante au bureau, passation de consigne marmonnée avec la nounou, et silence radio d'Antoine.

J'étais au bout du rouleau. Ces trois jours, soixante-douze heures, avaient fini de siphonner le maigre stock d'énergie vitale qui me restait des jours heureux. Je traînais ma peine lamentablement. Je ne voyais plus que ces yeux noirs partout. Ses yeux. Des yeux de violeur, dans un corps de nourrisson. Un contraste saisissant. Je devenais folle. Je ne prenais plus Pierre dans mes bras que pour l'installer dans sa chaise haute, le changer et le coucher. Le nourrir était un supplice. Il était en face de moi, à me sourire, à jouer avec sa cuillère, à mettre du petit pot partout sur son bavoir, à postillonner et à taper du pied et moi je détournais le regard. J'étais incapable de le regarder en face. Antoine ne répondait pas au téléphone. « Bonjour, vous êtes bien sur la messagerie vocale d'Antoine Beyle, je ne suis pas disponible pour l'instant, mais laissez-moi un message et je vous rappellerai. Merci de votre appel et à bientôt. » Décroche. Décroche, Antoine, décroche. Mais non, il ne décrochait pas, il ne me rappelait pas, sa secrétaire m'assurait qu'elle lui avait transmis mes messages. J'ai même appelé ses parents. Mon commandeur de beau-père, drapé lui dans sa dignité d'homme offensé par procuration, m'a répondu qu'Antoine serait ravi de me parler dès que j'aurais bien voulu effectuer ce test de paternité. Il en allait de même pour son épouse et lui-même, bien entendu. Allons, c'était une formalité, après tout, et si je n'avais rien à me reprocher, pourquoi refuser de m'y soumettre ? J'ai raccroché. Un mur. Antoine me laissait seule, face au mur. *Faut pas me laisser traîner là, seule avec ces idées-là.*

Le week-end que je redoutais tant a fini par arriver. Soixante heures de tête-à-tête. Il a commencé par un vendredi soir triste et pathétique, j'ai couché Pierre tôt, et j'ai poursuivi mon entreprise de démolition intérieure, seule. Enfin seule, pas complètement. Après tant de nuits blanches, j'avais avec moi un sentiment immense de solitude et de désespoir, un stress post-traumatique multiplié par le sentiment de revivre le viol chaque fois que je croisais les yeux de Pierre, une peur panique de l'inconnu et un sentiment d'abandon total, comme si personne ne m'avait jamais aimée. *Le mal de vivre. Ce mal de vivre, qu'il faut bien vivre, vaille que vivre.*

Et vint ce samedi matin. Je lui ai donné le premier biberon dans un état second, encore à moitié endormie, par réflexe, et je l'ai installé dans son parc, avant d'aller me recoucher. J'avais laissé un énième message à Antoine la veille, mais sur un ton très coopératif, lui indiquant qu'il pouvait passer prendre son fils s'il voulait le voir ce week-end, que nos disputes ne devaient pas empêcher Pierre d'avoir et un père et une mère, et que je ne lui ferais ni scène ni reproche s'il choisissait de passer. Pas de nouvelles. Le moindre bruit dans l'escalier me faisait sursauter. J'avais besoin de voir Antoine. J'avais besoin de sa présence. Mon socle. Mon socle fissuré, mon homme abîmé, mon mari trop prompt à me condamner, mais mon socle, quand même. J'avais besoin de lui, de sa voix, de son odeur et de sa présence, plus que jamais. Je le rappelais, encore et encore. Filtrée. Même en masquant mon numéro. Aux abonnés absents. Je n'y arriverais pas, toute seule. Il me laissait seule. *Toute seule, toute seule il m'a laissée toute seule.*

Les cris de Pierre m'ont sortie de ma torpeur. Cela faisait plus de trois heures que je l'avais déposé dans son parc, et manifestement il en avait assez. J'avais sombré dans un semi-coma, et ses cris me ramenaient avec insistance à cette réalité froide et crue que je devais affronter maintenant. J'étais seule, condamnée à vivre avec le rejeton de mon violeur.

Hier je vivais en couple. Alors certes, je n'avais pas d'enfants. J'étais une belle femme, mariée à un homme formidable, j'exerçais un métier épanouissant et j'avais des passions de citadine des temps modernes. Comme tout le monde, j'avais une faille, une souffrance, cachée, enfouie, qui me minait : mon ventre était resté sec et j'allais mourir sans laisser trace de mon passage sur cette terre, sans avoir contribué à perpétuer l'espèce, et il ne resterait rien de moi quelques semaines après ma mort, que des vers repus et de la poussière sale. Hier ma vie était une demi-vie, une vie de flamant rose, une vie sur une patte, à essayer tant bien que mal de conserver l'équilibre, mais une vie. Hier quelques verres de champagne, une séance avec un psy, un bon film, un dîner entre amis, un lever de soleil sur un paysage de montagne au petit matin, le parfum du printemps qui revient enfin, faire l'amour, entrer dans un bain brûlant, laisser mon dos aux mains d'un masseur, ces petits plaisirs suffisaient à colmater pour un temps cette fracture, à la rendre supportable et à vivre cette vie, cette demi-vie, avec ses joies, ses peines, ses rires, ses coups de cafard, ses impôts et la perspective d'une mort certaine mais si lointaine. *C'était hier.*

Aujourd'hui je suis quoi ? Une femme violée. La mère d'un monstre. Mon mari est parti. Il ne reviendra pas. Il est bien trop tard pour que je lui explique. Il ne me croirait pas. Il ne me croirait plus. Qui le blâmerait ? Mais non chéri, je ne t'ai pas trompé, je te promets, en fait, c'est horrible, je me suis fait violer mais je ne t'ai rien dit parce que je ne voulais pas que tu me regardes différemment, pour que rien ne change entre nous, pour te protéger, aussi. Bien sûr. Je ne dors plus, je ne travaille plus, je suis fatiguée, je fume et j'ai eu tort. Putain, j'ai eu tort. Mais comment ai-je pu me fourvoyer à ce point ? Je me suis menti, à moi. J'ai menti à tout le monde. À mon mari. À mon fils. À mes amis. À mon obstétricien. À la sage-femme. Au boulot. À la mairie, à l'état civil, à ma gardienne, à ma nounou, à tout le monde. J'ai menti par omission à la police, parce qu'il faut plus de quatre sonneries au 17 pour qu'ils répondent. Et Pierre criait, à côté, dans son parc.

Tapis. Comme au poker, j'avais joué tapis. J'avais tout misé sur ce pari fou, sur ce fragile espoir, sur cette illusion fabriquée de toutes pièces. Ratatinée, lessivée, balayée. Je n'avais pas eu la bonne main. Si mon violeur avait eu les yeux bleus ? Est-ce que cela aurait changé quelque chose, au fond ? Un jour ou l'autre, mon conflit intérieur m'aurait rattrapée et mise en lambeaux. La question ne se posait pas, de toute façon, il avait les yeux noirs. Tapis. Perdu. Fin de partie.

Pierre criait plus fort. Je me suis levée, je suis allée le chercher dans son parc et je l'ai pris dans mes bras. En le soulevant je l'ai vu. Encore une fois, je l'ai regardé dans les yeux et je l'ai vu à nouveau. C'était lui. J'étais tellement épuisée. Je ne voyais plus que lui. Aucun doute. C'était lui, j'étais enfermée avec lui, j'étais condamnée à passer ma vie avec lui. Chaque jour, chaque heure, chaque minute de mes prochaines années, j'allais les passer en compagnie de mon violeur, à l'élever, le nourrir, le protéger, le torcher, le consoler, l'entretenir, l'éduquer pour qu'il me prenne mon énergie, mon sommeil, ma vie et le peu d'humanité qu'il me restait. Chaque seconde j'allais être confrontée à mon erreur, à mon péché d'orgueil. La demi-vie qui me restait, c'était la punition ultime. Prométhée se faisait dévorer le foie chaque jour pour avoir osé jouer un tour aux dieux. Et moi je m'étais prise pour Dieu. J'avais décidé que l'Immaculée Conception ça n'était pas qu'une fois dans l'Histoire. J'avais décidé que je pouvais avoir un enfant de qui je voulais, même d'un homme aux spermatozoïdes paresseux, contre les lois de la nature, contre l'ordre établi, contre toute logique. Moi, Claire, dans ma fatuité, ma vanité immense, j'avais décidé que j'aurais raison, seule contre tous. Parce que je l'avais décidé. Parce que je commandais aux événements, moi. Parce que j'étais supérieure à tous ces êtres faibles qui courbent l'échine devant les aléas de la vie. On ne se prend pas pour Dieu impunément. *Dieu est un fumeur de havanes*. Et Dieu se foutait bien de ma gueule. La punition qu'il m'avait destinée était à la mesure de mon outrecuidante vanité. Ma vie à venir c'était donc ça. Mon quotidien, désormais, ce serait non seulement de me faire dévorer le foie par un monstre, mais encore de le voir se développer et s'épanouir chaque jour un peu plus, à mes dépens.

Non.

Je l'ai vue défiler devant moi, cette vie, et je l'ai refusée. Pierre était dans mes bras et déjà je ne le supportais plus. J'avais perdu tout espoir, l'humanité m'avait quittée, j'étais dans une impasse, je me débattais et il fallait que j'en sorte. À toute force. À tout prix. Je ne voyais qu'une issue. Il fallait que cela cesse. Je l'ai recouché dans son berceau, il se débattait, il ne voulait pas dormir, il voulait manger, c'est pour cela qu'il m'avait appelée, pas pour que je le couche. Je l'ai laissé là et je suis allée chercher un oreiller sur mon lit. Tout s'est passé en deux minutes. Je ne l'ai plus regardé en face. Je ne pouvais pas. J'étais déterminée, tendue tout entière vers un seul objectif, la fin immédiate de ces tourments. À l'aveugle, je l'ai allongé et j'ai posé l'oreiller sur son visage. J'ai appuyé de toutes mes forces sur les côtés du coussin. Je me souviens d'une première impression de calme. Tout à coup, enfin, il n'y avait plus de bruit. Ses cris étaient étouffés par l'oreiller. Et puis l'agitation est revenue. J'ai senti ses jambes battre contre mes avant-bras et ses mains taper sur le matelas. Je me rendais compte que j'étais en train d'étouffer mon fils, dans ce si joli berceau. Je n'ai pas relâché la pression. Il fallait que ça cesse. Sortir de cette impasse. C'était plus fort que moi, plus fort que tout. Je le voulais mort. Je ne voulais plus ce regard noir. Plus de stigmates. Plus de cauchemars. Plus de punition. Plus de conflit. Et puis, qui sait, si Pierre n'était plus là, peut-être qu'Antoine reviendrait. Tout redeviendrait comme avant. Sauf que cette fois je savais que je me mentais. J'ai réfléchi à ça, les deux mains sur l'oreiller, en train d'ôter la vie à mon fils. Et je me suis même dit, non, Claire, pas deux fois. Ne te mens pas deux fois. Antoine ne reviendra pas. Jamais. Ce n'est pas en te débarrassant de Pierre que tu vas faire revenir Antoine, tu rêves !

Je suis morte avec lui. Il a cessé de se débattre, j'ai gardé la pression de longues minutes et enfin j'ai lâché. J'ai laissé l'oreiller en place. Je ne voulais plus voir ce visage. J'étais vidée. Je venais de quitter la communauté des êtres humains. Je venais de renoncer à mon appartenance à l'espèce. Je venais de tuer mon fils. Mais dans quel état j'étais ? Je venais de tuer mon fils, que j'avais porté. Je venais de mourir, et pourtant je respirais. *Qu'est-ce qu'on peut bien faire, après ça ?*

Qu'ai-je fait ? Je suis sortie. J'ai refermé la porte de sa chambre, en faisant attention à ne pas faire de bruit, comme pour ne pas le réveiller.

20

Je savais que c'était le début de la fin. Je venais d'assassiner mon fils. Existe-t-il pire crime ? Hébétée, dans mon salon, une cigarette allumée, je n'arrivais pas à savoir si je me sentais plus envahie par une culpabilité immense, ou si je me sentais avant tout soulagée. C'est horrible à dire mais mon corps m'envoyait le message que le soulagement prenait le pas sur la culpabilité. Bien sûr j'étais épouvantée de m'être ainsi transformée en mère infanticide, et pourtant j'avais par-dessus tout le sentiment de récupérer, comme après un cauchemar. Ma respiration se faisait plus régulière, et j'étais en train de me projeter. À aucun moment après avoir ôté la vie de Pierre je ne me suis dit que la logique serait de me supprimer à mon tour et de mettre un point final à cette histoire. Non, c'est le geste que je venais d'accomplir qui mettait un terme à ce cauchemar. Évidemment, l'histoire n'était pas finie, et la suite défilait sous mes yeux. J'allais être arrêtée, jugée, condamnée, enfermée. J'allais expier pour ce crime ignoble. J'allais être livrée en pâture à la presse, à la télévision, et tous mes amis, le peu de famille qu'il me reste, toutes mes relations, toutes mes connaissances allaient subitement voir en moi un monstre. Bien sûr. Et je méritais la peine, ou plutôt toutes ces peines, qui allaient m'être infligées. Il était à la fois légitime et dans l'ordre des choses que je sois punie pour mon orgueil, pour ma suffisance, pour avoir joué à l'apprentie sorcière. On pouvait bien me brûler, les flammes du bûcher seraient douces, en regard de la perspective de vivre avec le fils du monstre, à laquelle je venais de mettre un terme. J'avais fait le bon choix. Enfin, ce n'était pas un choix, de toute façon. Mon corps tout entier avait décidé qu'il en serait ainsi, j'avais agi mue par une force à laquelle il m'avait été impossible de résister, c'était mon destin, je n'avais pas pu lutter.

Le châtiment, la prison, serait pour moi le temps de la reconstruction. J'avais fauté gravement, et il fallait que je reprenne tout à zéro, que je me reconstruise, une nouvelle Claire, qui saurait prendre les choses de la vie comme elles viennent, au lieu de vouloir toujours tout contrôler et se penser infiniment supérieure. De longues années de solitude et d'enfermement ne seraient pas de trop. Et qui sait, *avec le temps, va, tout s'en va*, peut-être même cette blessure ouverte cicatriserait-elle un peu.

Je me suis posé la question d'appeler la police mais je n'ai pas eu la force d'écouter la ritournelle du 17 qui me demanderait de bien vouloir patienter qu'un opérateur se libère avant que je puisse avouer à un inconnu au téléphone le meurtre de mon fils. Si je voulais, il me restait quelques heures, avant qu'on vienne m'arrêter. La sanction allait tomber, et je n'avais nulle intention de m'y soustraire, au contraire. La loi, l'ordre et la morale pouvaient bien attendre encore un peu. Ce fut une de mes dernières décisions de femme libre. Aucun des acteurs de la chaîne judiciaire n'a été capable de comprendre cela. Le fait que je ne me sois pas dénoncée, et que j'aie choisi de vivre pleinement ces dernières heures, d'une manière futile et irraisonnée, a troublé tous mes interlocuteurs et noirci mon portrait. Pourtant, je ne regrette absolument pas cet adieu au monde. Comme avant d'entrer au couvent, j'ai voulu procéder à mon enterrement de vie de femme libre. Ces dernières semaines avaient été si pénibles, et celles à venir ne s'annonçaient pas plus faciles, c'était mon ultime parenthèse. *Avant que je m'en aille, avant mes funérailles, de la vie faire ripaille.* Vingt-quatre dernières heures dans la vie d'une femme. Après, ce serait la vie d'une assassine, d'une meurtrière, d'une prisonnière, d'une mère infanticide. Après, plus rien ne serait jamais comme avant.

Il était doux, ce mois de juin. Je me suis douchée, maquillée, et je me suis habillée très légèrement. Je suis allée dîner au restaurant, seule. Cela faisait une éternité que je n'avais pas mangé seule dans un restaurant. J'observais les tables avoisinantes, pour lesquelles j'étais probablement un sujet de conversation, une femme seule à table. Je ne me sentais pas seule, mais bien entourée au contraire, et j'étudiais les convives avec intérêt, heureux hommes et femmes vivant une vie normale alors que je venais de commettre une telle atrocité. Un dîner d'affaires ici : des hommes, tous en costume, ceux avec des cravates devant essayer de vendre quelque chose à ceux qui n'en portent pas. Une famille de touristes américains là : ils parlent fort, et en sont au dessert alors que je viens de m'installer. Un couple de tout jeunes provinciaux derrière : le guide vert sur la table, probablement leur première visite à Paris. Et face à moi un rendez-vous Meetic, comme on en voit tant : de longs silences gênés, quelques rires forcés, un coup d'œil sur la montre, et des tentatives de Monsieur pour effleurer la main, toutes soigneusement esquivées par Madame, le pauvre. Je profitais de chaque bouchée, j'admirais le service de table, la nappe, les fleurs, les couverts en argent, Art déco, les assiettes peintes à la main et les verres élancés dans lesquels pétillaient les bulles de champagne à gauche, et la robe vermillon du figeac 71 que j'avais commandé dans le verre de droite. *À mon dernier repas* je ne me refusais rien. Et le souvenir de ce dernier repas m'aura accompagnée et réconfortée chaque fois que je me suis retrouvée devant mon plateau de cantine.

Cela faisait au moins cinq ans que je n'avais pas mis les pieds dans une boîte de nuit. Et là encore, je savais que je n'aurais pas l'occasion d'y retourner avant un ou plusieurs baux emphytéotiques. Mais où aller ? Je me suis rendue aux Planches, là où l'associé le plus senior d'Antoine avait fêté ses cinquante ans. J'ai dansé, comme si personne ne regardait. J'ai toujours adoré danser et Antoine détestait ça. Il me faisait danser aux mariages, le temps d'un rock, et n'avait guère le sens du rythme. Moi il m'arrivait de rester sur la piste, longtemps, presque jusqu'à épuisement, mais avec ce qu'il faut de réserve. Ce soir-là, plus de verrous, j'ai dansé sans retenue ni décence. J'ai dansé jusqu'à tomber dans les bras d'un beau brun, Fabrice, plus jeune que moi, le seul de la soirée qui ait osé venir se frotter à moi. Il m'a demandé si on pouvait aller chez moi, il venait de divorcer et c'était un soir où il avait son fils. Je lui ai intimé de se taire, je ne voulais rien savoir de ses enfants, je voulais juste qu'il me fasse l'amour, et chez moi ne faisait pas partie du champ des possibles, il y avait le corps de mon fils, dans la chambre à côté. Je n'ai pas fini cette phrase, évidemment. Nous avons fait l'amour dans sa voiture. Mon adieu à ma vie de *femme libérée* fut décevant. Il était meilleur danseur qu'amant. J'ai trouvé un hôtel et j'y ai dormi jusqu'à midi le dimanche. Je voulais repousser au plus loin le retour à la maison : je me suis promenée dans Paris, j'ai erré, m'efforçant de ne penser à rien qu'à cette liberté illusoire. J'ai fini par rentrer et je suis allée me coucher après une longue douche, pour une dernière nuit dans mon lit. Cette nuit-là, je préfère ne pas m'en souvenir. Ma dernière nuit chez moi, avec le corps de mon fils, dans la chambre d'à côté, et la sourde angoisse d'un improbable retour nocturne d'Antoine. Je n'ai pas beaucoup dormi cette nuit-là. Antoine n'a pas réapparu.

21

Le lundi matin, je me suis préparée avec soin pour aller au bureau. J'étais prête, debout dans l'entrée, à attendre l'arrivée de la nounou. Je guettais le bruit de ses pas dans l'escalier. J'ai ouvert la porte dès qu'elle a atteint le palier et je lui ai à peine dit bonjour, prétextant que j'étais horriblement pressée et que Pierre dormait encore dans sa chambre. J'ai dévalé précipitamment l'escalier, pour la dernière fois en femme libre. Tout avait un goût particulier, ce matin-là. Le trajet jusqu'au métro, je l'ai effectué les yeux grands ouverts, j'avais l'impression d'absorber tout ce que je voyais, chaque parcelle de ciel bleu, chaque balcon, les noms des architectes écrits sur les immeubles, les bancs vides, le pont de l'Alma au loin, tout prenait forme et j'emmagasinais des images, des sons, des odeurs, en prévision de ce qui m'attendait. Dans la rame du métro j'ai observé les passagers, m'imaginant pour un instant des fragments de leur histoire, en attendant de descendre à Sèvres-Babylone.

Pour la première fois depuis plus d'une semaine, j'arrivais au bureau maquillée, soignée et j'étais satisfaite de lire dans le regard des autres, ce regard qui m'importe tant qu'il a ruiné ma vie, une forme de rassurance : manifestement j'avais eu un passage à vide mais j'avais l'air bien décidée à me reprendre en main, enfin. Cela n'a pas duré longtemps. Lorsque deux policiers sont venus me chercher à 10 h 30, l'ordre établi vola en éclats. Danièle avait dû leur dire comme j'étais partie précipitamment ce matin, et comme je n'allais pas bien les jours précédents. La suite n'était pas très compliquée. Lorsque Sylvie, à l'accueil, m'a appelée pour me dire que deux messieurs de la police voulaient me parler, j'ai rangé mes papiers, sur mon bureau. Je n'allais pas laisser une mauvaise impression en partant. Non, mon bureau serait à mon image : ordonné, impeccable. Sous contrôle. Je ne les ai même pas laissés parler. Je leur ai dit que je savais pourquoi ils étaient là et que j'allais tout leur expliquer dans leurs locaux, mais pas ici. Ils ont eu la gentillesse de ne pas me mettre les menottes et nous sommes montés dans la voiture qui attendait en bas.

Dès la portière fermée, le plus grand des deux policiers s'est présenté, « Capitaine Archambeaud », m'a signifié mon placement en garde à vue pour le meurtre de mon fils et m'a indiqué que nous allions directement dans les locaux de la police judiciaire, au 36, quai des Orfèvres. Arrivée là, j'ai été confiée à une brigadière le temps de laisser mes papiers, ma montre, mon argent, mon téléphone, ma ceinture et mon soutien-gorge (on peut vraiment se pendre, avec un soutien-gorge ?), et de subir une fouille complète, avant d'être à nouveau mise dans les mains du capitaine et de son acolyte.

Dans une pièce sans fenêtre, seule, face à deux hommes, sur un siège métallique, sans soutien-gorge sous mon chemisier, le huis clos a commencé. J'étais placée en garde à vue pour vingt-quatre heures, il fallait que je comprenne plusieurs choses. Compte tenu du crime dont j'étais soupçonnée, le procureur de la République pourrait décider de prolonger cette garde à vue jusqu'à quarante-huit heures. J'avais néanmoins des droits : celui d'être examinée par un médecin, celui de faire prévenir un proche et mon employeur, celui d'être assistée par un avocat, et celui de répondre aux questions qui allaient m'être posées ou de me taire. J'ai confirmé avoir bien compris tout ce qui venait de m'être dit, et j'ai poliment décliné et la visite médicale et le recours à un avocat – comment défendre l'indéfendable, de toute façon ? – ainsi que le coup de téléphone à un proche – si Antoine ne m'avait pas répondu depuis cinq jours maintenant, l'idée que nos retrouvailles se fassent au 36 ne m'enchantait pas, l'idée même de devoir être à nouveau confrontée à lui me terrifiait.

J'ai ensuite mécaniquement répondu aux questions impersonnelles sur mes nom, prénom, qualité, date de naissance et statut marital. Vint ensuite la question que j'attendais, la seule à laquelle j'étais prête à répondre : vous savez pourquoi nous sommes là ? J'ai répondu d'une voix monocorde que je savais, oui, que ma nounou avait dû découvrir ce matin le corps sans vie de mon fils Pierre, âgé de huit mois, dans sa chambre, dans son berceau, sous un oreiller, que son visage que j'imaginais bleui ne laissait aucun doute quant à la cause du décès, l'asphyxie, et que j'étais la seule coupable. Oui, j'avais étouffé mon fils avec mon oreiller. Non, je n'étais pas capable d'expliquer mon geste. Tout ce que je savais, c'est que j'étais fourbue, rompue, abattue, que mon mari m'avait quittée, que je ne supportais plus les hurlements de mon fils et que j'avais voulu à tout prix le faire taire.

Je voyais dans leurs yeux se mêler l'incompréhension, la curiosité et une forme de dégoût face à cette femme bourgeoise, éduquée, qui devait les prendre pour des ploucs alors qu'elle venait de commettre le seul crime que personne ne pardonne. Les questions ont fusé :

– Quand exactement cela s'était-il produit ?

– Pourquoi mon mari était-il parti ?

– Une mère ne tue pas son enfant parce qu'il crie, voyons, alors quel était le réel mobile ? Pourquoi avais-je fait ça ?

– Avais-je déjà trompé mon mari ? Souvent ? Occasionnellement ? Comment ça se passait entre nous, au lit ?

– Qu'avais-je bu ou pris la veille ?

– Pourquoi n'avais-je pas appelé les secours ?

– Quel avait été mon emploi du temps après le meurtre ? Et avant ?

– Est-ce que je me rendais compte de ce que j'avais fait ?

– Avais-je des remords ?

J'avais mal à la tête, les tempes dans un étau. Je voulais le silence, seulement le silence. *The sound of silence*. Je ne répondais à aucune de ces questions. Je persistais dans mon mutisme. Que répondre ? Que dire ? Expliquer quoi ? À eux ? Mais pourquoi devrais-je leur parler ? J'avais tout encaissé, seule, ce calvaire je l'avais affronté, seule. Je ne pouvais plus avancer, plus parler, plus communiquer. Tout ce que j'avais en tête, c'était « Vite, mettez-moi en prison, condamnez-moi, isolez-moi, je veux me retirer des vivants, quitter ce monde rationnel où il faut une explication à tout, tout le temps, partout, je n'aspire qu'à la paix, oui, foutez-moi la paix, quel qu'en soit le prix ».

J'ai réussi à articuler quelques mots de plus, pour dire au capitaine que j'avais assez parlé pour aujourd'hui. Qu'est-ce qu'il voulait de plus ? J'avais avoué, je reconnaissais avoir étouffé mon fils, je plaidais coupable, voilà, c'était tout, je n'avais rien à ajouter, pourquoi continuer ainsi à me torturer ? Pourquoi, à la fin, pourquoi ne me laissez-vous pas tranquille ? Parce que c'est notre métier, madame, de nous assurer que vos déclarations décrivent fidèlement ce qui s'est passé, et que nous ne pouvons pas en être certains sans que vous nous ayez expliqué ce qui vous a poussée à commettre ce crime. Parce que ce n'est pas tous les jours qu'une femme tue son fils, madame, voilà pourquoi.

Je n'ai plus ouvert la bouche, je n'avais plus la force. Ils continuaient, l'un prenant le relais de l'autre, l'un agressif, l'autre compréhensif, alternant la distance vis-à-vis de moi, tout près, à me toucher ou derrière le bureau, en variant le ton, des murmures ou des cris, et le rythme, de longues pauses et le retour des rafales de questions. Je suis restée silencieuse, marmonnant sans relâche que j'avais dit ce que j'avais à dire et que je n'en dirais pas plus. Quelques allers et retours dans une cellule indigne des geôles de Louis XI, des pauses dégradantes aux toilettes, où vous ne pouvez pas fermer la porte, il faut se soulager la porte ouverte, avec un fonctionnaire en faction, un repas auquel je n'ai même pas touché et toujours ces interrogations lancinantes, pourquoi, pourquoi et pourquoi ? J'avais le droit de garder le silence, mais manifestement en user n'était pas à leur goût. On m'avait privée de ma liberté, de mon intimité et de ma dignité, non sans raison, d'ailleurs, je n'avais personne d'autre que moi à blâmer. Mais à mon tour je ne me privai pas d'exercer le seul droit que l'on m'accordait.

Au petit matin, après une courte nuit à grelotter dans mon cachot, mes deux inquisiteurs m'ont fait signer le procès-verbal de ma déclaration, qui tenait sur moins d'une page, contenant simplement mes aveux, et relevait mes refus répétés de répondre aux questions qui m'étaient posées. Le reste du PV récapitulait avec une précision administrative mes heures d'entrée, de sortie, de repas, de sommeil, comme pour s'assurer de mon bien-être. Ils m'ont également expliqué la suite : le procureur de la République avait décidé l'ouverture d'une instruction, et j'allais donc être transférée sans délai devant le magistrat qui allait instruire mon « dossier ».

Et voilà comment j'ai abouti, toujours escortée par les deux pandores, blême, harassée, devant celle qui allait décider de mon sort, la juge Isabelle Lesser. J'avais espéré de toutes mes forces durant le trajet que ce serait un homme. Mais non. Il fallait que ce soit une femme. C'est ainsi que je fus confrontée pour la première fois au regard d'une femme sur une mère infanticide.

Cette première entrevue fut brève, juste le temps de m'expliquer les prochaines étapes de mon parcours judiciaire, de me signifier ma mise en examen pour homicide volontaire et de me renvoyer devant un autre magistrat chargé de me placer en détention provisoire. Ces deux courts face-à-face me renvoyaient à la gravité du crime que j'avais commis, à l'incompréhension que j'allais devoir affronter tout au long de la procédure dont je comprenais qu'elle serait longue, et au dégoût que j'inspirais à mes interlocuteurs, un mépris absolu.

22

Retour sur la banquette arrière de la voiture pie, un long trajet cette fois, toutes sirènes hurlantes, pour être incarcérée à la maison d'arrêt des femmes, à Fresnes. Voilà, je franchissais *les portes du pénitencier*, menottes aux poignets (réglementaires pour le transfert, s'étaient justifiés mes escorteurs), et je découvrais mon nouvel environnement, tout de béton et d'acier, de vidéo-surveillance et de clés, de règles implicites et de hiérarchies inavouées. Je fus affublée d'un numéro d'écrou, et placée dans une cellule individuelle. À Fresnes, la surpopulation est essentiellement masculine : *dans cette putain d'humanité, les assassins sont tous des frères, pas une femme pour rivaliser*.

J'ai demandé à la matonne si toutes les détenues avaient droit à une cellule individuelle, elle m'a répondu avec agressivité qu'ici il n'y avait que des prévenues, pas des détenues et que non, ce luxe de la cellule individuelle, il n'était pas universel, mais réservé aux folles qui avaient tué leur enfant, pour les protéger des autres prévenues, était-ce suffisamment clair ? Bienvenue. Même chez les taulardes, je serais une paria. Mon avocate m'expliqua un peu plus tard que les deux populations les plus haïes du milieu carcéral étaient les infanticides et les « pointeurs », violeurs et pédophiles de tout acabit. J'étais prête, je n'aspirais qu'à mon châtiment, *quatre murs et un toit*, et surtout plus personne pour me harceler.

Las, encore une illusion. La juge Lesser voulait savoir, elle aussi, et comprendre. Comprendre comment une femme équilibrée, éduquée, sans le moindre antécédent psychiatrique, bourgeoise, aisée, sans angoisse vitale avait pu en être réduite à tuer son fils et refusait obstinément de se défendre, de s'expliquer, ou de se justifier. Mon avocate me posait les mêmes questions. Je l'ai trouvée formidable, c'est le seul domaine où je puisse dire que j'ai eu de la chance. Commise d'office. Camille Lefranc, avocate d'affaires dans un des plus grands cabinets internationaux, se tient à la disposition de la justice parisienne pour prendre plusieurs affaires pénales par an, contre une rémunération de misère, pour rester fidèle à son idéal. Elle m'a expliqué cent fois que mon silence ne me servirait à rien, et surtout pas à accélérer la tenue de mon procès, que la juge devait construire son dossier et qu'il fallait que j'intègre que le temps de la justice était lent.

J'ai été soumise à des expertises psychologiques et psychiatriques. J'ai répondu aux questions sur mon enfance, sur ma famille, sur mon mariage, j'ai dit ce qui me passait par la tête quand on m'a montré des taches d'encre, et je me refermais systématiquement quand les interrogations couvraient les circonstances du meurtre, mes motivations, mes réactions et mon comportement après les événements.

Camille partageait avec moi le contenu des procès-verbaux au fur et à mesure qu'ils étaient versés au dossier. L'enquête de personnalité a confirmé à la juge ce que les journaux, les télévisions et tous les vautours médiatiques avaient déjà établi : rien, il n'y avait rien dans mon comportement, dans mes habitudes, dans mes relations avec mes collègues, mes amis, ma famille, rien qui aurait pu permettre d'anticiper le drame. Ils ont pratiqué une autopsie qui a validé l'asphyxie comme cause du décès, et l'oreiller en plumes comme « arme du crime ». Des témoins oculaires se sont présentés pour attester de ma présence au restaurant le samedi soir, et Fabrice a livré son dégoût et son étonnement à la juge : il n'en revenait pas d'avoir couché avec une meurtrière.

Antoine ne s'est pas porté partie civile. Il n'est pas venu me voir. Il a instamment demandé à la juge de ne pas organiser de confrontation. Il ne voulait plus jamais me voir, m'entendre ou avoir affaire à moi. Il voulait oublier. Mon avocate m'a lu le procès-verbal de son audition. Tout était clair pour lui : je l'avais trompé, un enfant était né de ces relations coupables, il m'avait quitté devant mon refus de reconnaître ma trahison et j'avais tué Pierre dans un excès de rage et de remords. Seize ans de vie commune pour balayer tout d'un revers de main et faire de moi en quelques feuillets A4 une salope hystérique, capable de tuer un nourrisson dans un accès de colère ! Je n'en suis pas revenue. Il faut croire que la haine l'aveuglait. Pourquoi me haïr ainsi ? Je ne vois qu'une explication : j'avais bafoué sa virilité. Je lui avais rendu le sentiment d'être un homme en étant père, et se dire que je lui avais menti l'avait brutalement castré. Je l'avais tant aimé, cet homme si attaché à ses couilles. Mais cela faisait partie de mon calvaire. Rien ne me serait épargné. *Donnez-moi une île déserte.*

Dix-huit mois d'instruction et pas une réponse concrète pour la justice française. Mon secret restait inviolé, lui, et la juge a fini par perdre patience, comme les flics avant elle. Elle avait mes aveux, les conclusions medico-légales confirmaient en tout point la description que j'avais faite du meurtre, il n'y avait aucun autre suspect potentiel, seul mon mobile demeurait énigmatique. Mais la thèse développée par Antoine que venait confirmer mon silence obstiné suffisait à la juge. Les experts m'avaient déclarée saine d'esprit, enfin pas complètement. Une femme infanticide n'est pas saine d'esprit. Leur conclusion était qu'ils n'avaient pas pu identifier avec certitude une pathologie qui aurait pu me dégager de ma responsabilité au moment des faits. Mon refus d'en parler constituait en soi une présomption de rupture psychologique, mais rien ne permettait de la prouver et ils préféraient s'en remettre à la machine judiciaire. Isabelle Lesser m'a convoquée une dernière fois, pour me faire ses adieux, partager avec moi sa frustration devant mon obstination à refuser de m'expliquer, et me conseiller instamment de consentir enfin à le faire lors de mon procès : il ne serait pas trop tard, et ce serait mon unique chance de ne pas écoper de la peine maximale. Enfin, elle me communiqua les prochaines étapes : je serais jugée devant la cour d'assises de Paris, dès que le calendrier le permettrait, soit d'ici cinq à six mois maximum. Dans l'intervalle, je demeurerais en détention provisoire et à l'isolement, pour ma propre sécurité. Elle a refermé mon dossier et a rédigé son ordonnance de mise en accusation.

23

Voilà. On y était. Six mois avaient passé. Six mois d'attente et d'angoisse, à la perspective de cette séance publique, où j'allais une dernière fois subir le feu roulant des questions, les lumières aveuglantes des caméras et des flashs de la meute de journalistes agglutinés autour du véhicule à l'entrée et à la sortie du Palais de justice, et le face-à-face avec Antoine, auquel il me serait impossible d'échapper cette fois. Mon avocate est venue me rendre visite régulièrement, pour me préparer à cette épreuve. Elle a été mon principal lien avec le monde extérieur. Antoine n'est jamais venu me voir. Je ne sais pas comment j'aurais réagi à une demande de parloir, ni ce que je lui aurais dit, ou pas. J'avais disparu pour lui, manifestement, corps et biens. Ce n'est pas l'amour qui rend aveugle. C'est la haine. Dans cette absence de contact, dans ce lien rompu brutalement, dans ce refus de chercher à comprendre transparaissait tant de haine que chaque jour qui passait sans nouvelles de lui me semblait un peu moins douloureux que le précédent.

J'ai refusé systématiquement toutes les demandes d'entretien provenant de divers chroniqueurs, écrivains, réalisateurs ou étudiants en criminologie, que je mettais tous dans le même sac, chacals attirés par l'odeur du sang. J'ai reçu quelques lettres d'insultes, anonymes bien entendu, les Français demeurant fidèles à une longue tradition de correspondance nauséabonde. En dehors de mon avocate, je n'ai eu qu'une demande de parloir. Grande fut ma surprise quand j'ai appris que ma belle-mère voulait me rendre visite. Ce parloir a été un moment d'humanité, aussi inespéré qu'inattendu. Elle avait longuement hésité avant de venir, et n'en avait parlé à personne, surtout pas à son mari. D'une voix douce, Catherine m'a demandé comment j'allais, avec simplicité et sincérité. J'ai été bouleversée. Personne de mon entourage ne m'avait posé cette question si banale depuis si longtemps. *Quelques mots d'amour*. J'avais retrouvé l'espace d'un instant ma place parmi les humains. Elle voulait prendre de mes nouvelles, et elle s'inquiétait pour moi. Pas une seconde elle ne croyait à cette thèse de la femme adultère qui craque après avoir été confondue, au point d'assassiner son fils, quel qu'en fût le père. Et puis, avec le bruit qu'avait fait l'affaire, elle persistait à s'étonner que personne ne se soit manifesté comme étant le père potentiel de cet enfant. Pour Antoine, comme pour son propre mari, l'explication en était limpide, une fois encore : je n'avais jamais avoué ma maternité à cet amant, qui devait soit se terrer, soit avoir été dans un état d'ébriété suffisant pour ne pas me reconnaître lors de la diffusion de sujets sur l'affaire. Elle n'avait pas la moindre idée de mon mobile, mais elle avait choisi son camp. Elle se montrait bienveillante à mon égard, et voulait me faire savoir que je n'étais pas complètement seule. Pourtant, cette solitude, je m'en étais déjà fait *presque une amie, une douce habitude*. Elle ne reviendrait pas me rendre visite, elle ne pouvait pas prendre le risque de se mettre à dos et son mari et son fils, mais elle avait voulu me manifester un peu d'humanité et compatir. Submergée par l'émotion, j'ai failli craquer. J'ai été à deux doigts de tout lui avouer. Je me suis tue.

Ce fut un instant rare, un de ceux qui justifiaient ma résolution de vouloir continuer à vivre. Oui, je devais expier, être punie et coupée du monde pour mon crime abominable, mais j'avais raison d'avoir confiance dans le fait que cette vie pourrait me réserver encore quelques moments d'absolu, après la peine.

Je passais beaucoup de temps à lire, tout ce que je n'avais pas eu le loisir ni l'état d'esprit nécessaire pour aborder jusqu'alors, depuis *À la recherche du temps perdu* jusqu'aux *Mémoires d'outre-tombe*, en passant par *Les sept piliers de la sagesse*. J'ai lu et relu *Crime et Châtiment*, jusqu'à le savoir quasiment par cœur. J'ai écouté de la musique, tout le temps. Mon seul rempart contre la solitude. À part ça ? Trois repas par jour, deux douches par semaine, des nuits sans dormir et l'attente. Je voulais que le temps s'accélère, que mon procès ait lieu et enfin ne plus avoir d'échéance devant moi, excepté celle que je voudrais bien me fixer. Incorrigible, je voulais retrouver le contrôle de ma vie, ne pas avoir à subir quoi que ce soit, depuis la loi des hommes jusqu'au jugement de Dieu.

24

Enfin le jour est venu. L'ouverture du procès de la mère infanticide. Mon avocate m'avait acheté une tenue pour l'occasion, et j'ai eu l'impression d'enfiler les habits neufs de l'Empereur. Cette récréation minuscule a permis d'alléger la pression que j'ai ressentie en entrant dans le box des accusés, menottes aux poignets. Tout était enfin réuni pour que se joue la tragédie dont j'étais l'héroïne. La salle était pleine de monde, et je cherchais Antoine des yeux. Le banc habituellement réservé aux parties civiles et à leurs avocats était désert, ce qui créait une sensation de vide dans cette enceinte noire de monde. Seul le ministère public me poursuivait. J'avais demandé à mon avocate la possibilité d'un huis clos, mais elle m'avait expliqué que le président n'aurait aucune raison de l'accorder : je n'étais ni mineure ni une terroriste, et je n'avais pas à sa connaissance subi d'agression sexuelle, aucune raison donc d'échapper à une audience publique.

Salle comble, où *bourdonnait une foule fiévreuse et impatiente*, et le procès s'est ouvert sur la sélection des jurés. Curieuse coutume. Un à un, tirés au sort sur la cinquantaine de jurés potentiels convoqués pour l'occasion, ceux qui n'ont pas pu justifier d'une raison impérieuse pour échapper à leur devoir se lèvent et commencent à marcher, lentement, vers l'estrade où sont installés le président de la cour d'assises de Paris et ses deux assesseurs. Ils marchent jusqu'à atteindre le siège que l'huissier leur désigne, à moins qu'ils n'entendent le mot fatal « récusé » au cours de cette marche. Sans aucune justification, sans avoir entendu le son de leur voix, sur leur intuition, sur leur expérience, sur des critères qui sont les leurs, parce que c'est un homme, parce que c'est une femme, parce qu'elle est fonctionnaire, parce que c'est un commerçant, parce qu'il est blanc, parce qu'elle est petite, parce qu'il a les cheveux roux, parce qu'il est trop vieux, parce qu'elle est trop jeune, parce qu'il boite, parce qu'elle est trop maquillée, parce qu'il porte des lunettes, pour n'importe laquelle de ces raisons l'avocat de la victime aussi bien que le procureur peuvent récuser un juré, sans l'avoir interrogé sur ses valeurs, ses convictions ou son rapport avec la justice, et le renvoyer chez lui. C'est le début du combat, une façon pour chacun de se jauger, et le paroxysme des préjugés.

Mon avocate a récusé deux jurés potentiels, et le procureur deux. Voilà. Tous les acteurs sont là, face à moi. Le président a une cinquantaine d'années, le visage buriné comme un guide de haute montagne, un nez proéminent et pas un seul cheveu blanc. Il est entouré de ses assesseurs, une toute jeune femme au regard qui pétille, qui me frappe par l'extrême maigreur de ses poignets que je vois dépasser de sa robe noire, et un homme entre deux âges, blond, un peu fade et au regard blasé, fatigué probablement d'une vie passée à tâcher de corriger les errements de la misère humaine. Ces deux-là sont à leur tour jouxtés par les six jurés titulaires et les trois suppléants. Sur leur visage on lit l'angoisse à l'idée de devoir se prononcer, la responsabilité que tout à coup l'État leur fait endosser, en les sortant de leur quotidien pour les confronter au crime, à la noirceur de l'âme humaine, à la soif de justice inextinguible des victimes et des accusateurs, bref, à cet univers dont ils ne connaissaient jusqu'alors l'existence que par la télévision, et qui soudain leur est imposé. Pas de télécommande, pas de pause cigarette, pas de bière. Une attention permanente leur est demandée, leur explique le président, et ils pourront poser les questions qu'ils souhaitent, en lui faisant passer un billet par l'intermédiaire de l'un de ses assesseurs. Il leur fait alors prêter serment de manière solennelle, la formule est belle, qui leur intime de n'écouter ni la haine ou la méchanceté, ni la crainte ou l'affection, de se rappeler que je suis présumée innocente malgré les aveux et que le doute doit me profiter. Chaque juré se lève à son tour et prononce « je le jure ».

Le président leur rappelle qu'on ne leur demande pas d'avoir raison ou tort. C'est très important. On leur demande simplement leur opinion, en leur âme et conscience. Aucun d'eux ne me condamnera ni ne m'acquittera. Ils sont les représentants du peuple, chacun donnera son avis et c'est leur avis commun qui décidera de mon sort, pas leur décision individuelle.

Tout est impressionnant dans cette salle. Ses dimensions, le formalisme, les costumes, tout est fait pour rappeler au justiciable combien il est infiniment petit devant l'institution et qu'il lui faudrait un miracle pour échapper au courroux de la justice.

25

4 h 15. L'heure tourne. Il me reste une heure et demie, peut-être un peu plus. Il faut que je finisse cette confession, elle me fait le plus grand bien. Je n'ai pas sommeil, je suis concentrée, je revis ces derniers jours, avec vous. Je reprends le fil, j'accélère, je dois conclure, avant de tirer ma révérence.

Le président lit l'ordonnance de mise en accusation telle que rédigée par la juge Lesser. Les jurés sont horrifiés, je le vois à leur expression. Ils ont face à eux une meurtrière de la pire espèce, Isabelle Lesser a choisi de ne laisser aucune place au doute. Son instruction a été menée exclusivement à charge et, à entendre la version de mon dossier rédigée par cette juge, je me réjouis intérieurement que Robert Badinter et François Mitterrand aient renvoyé la guillotine au musée des horreurs. Les jurés n'ont pas accès au dossier, et vont devoir se forger leur opinion exclusivement sur les débats. Le président commence par m'interroger, et je suis terriblement angoissée, je cherche Antoine des yeux partout dans la salle, mais je ne peux pas le voir, je ne sais pas où il est, je ne sais même pas s'il est là.

Peut-être n'a-t-il prévu de venir que pour sa propre déposition. J'arrive à reprendre un peu le contrôle de ma respiration, et le même mécanisme se répète, comme aux étapes précédentes. Je réponds à toutes les questions concernant ma vie d'avant, je décris une fois encore les circonstances précises, la façon dont je m'y suis prise pour tuer mon fils, je revis encore une fois ce moment terrible, je suis épuisée et laminée d'avoir à y revenir encore et encore et je refuse de répondre quoi que ce soit aux questions ayant trait aux mobiles éventuels et à mon comportement après le meurtre.

Le président essaye par tous les angles, comme avant lui les policiers, comme après eux la juge d'instruction et comme jour après jour mon avocate, mais il trouve comme eux porte close, je ne dirai rien. Je n'ai pas tenu jusque-là pour révéler en public que j'avais joué à l'apprentie sorcière, que j'avais cru pouvoir fabriquer de toutes pièces un miracle, que j'avais échoué lamentablement à être plus forte que le destin et qu'au fond c'était l'idée que ce constat d'échec allait m'accompagner jour après jour qui m'avait conduite à choisir une prison avec quatre vrais murs et des barreaux plutôt que l'enfer d'être confrontée chaque jour au regard de mon violeur.

Le président abandonne devant mon obstination. Témoins et experts se succèdent à la barre, quelques collègues, des psychiatres, les policiers, le médecin légiste. J'étais préparée mentalement à ce défilé et à l'avalanche de termes techniques avec lesquels je m'étais familiarisée grâce à Camille et sa lecture commentée des éléments du dossier. Le témoignage de ma nounou, Danièle, est terrible. Je ne l'avais jamais vue aussi élégante. Elle a changé de coiffure, et cette femme immense et corpulente, dans ses habits colorés, a une prestance et une présence qui en imposent dans cette cour, après le passage de ces experts technocrates. Elle rappelle avec ses mots combien Pierre était un bébé délicieux, souriant, facile, joyeux et sa déposition est bouleversante. Elle est obligée de s'interrompre à plusieurs reprises tant elle est émue. C'était son travail, de s'occuper de Pierre, et elle l'aimait. Moi, j'étais sa mère, et je l'ai tué. J'ai tué mon fils. Qu'il soit le fils d'un monstre ou le fils d'Antoine, au fond, peu importe. J'étais sa mère et j'ai tué mon fils, qui m'aimait de manière inconditionnelle, lui. J'ai tué mon fils qui ne demandait qu'à grandir, qu'à être choyé, qu'à s'épanouir loin des gènes de son salopard de père. Je le savais, j'en avais pleinement pris conscience, j'avais eu suffisamment de temps dans ma cellule pour y penser et me repentir. Mais avec Danièle, en face de moi, qui témoigne avec dignité et qui dévoile au public le portrait de mon Pierre, je craque. J'ai eu tort. Je me suis égarée. J'aurais dû essayer. J'aurais dû être plus forte. Non, je ne pouvais pas, c'était au-delà de mes forces. J'ai envie de crier, de hurler, de leur dire que vivre chaque jour qui passe avec le souvenir de son violeur c'est impossible. Je ne crie pas. J'implose. Je me désintègre, je ne vais pas y arriver. Si le président me questionne à nouveau, je vais tout révéler. Mais c'est fini pour aujourd'hui. La séance est levée.

Le lendemain vint le témoignage d'Antoine. *Oh !* *Je voudrais tant que tu te souviennes des jours heureux où nous étions amis.* Après le témoignage de Danièle, je m'attendais au pire. Je ne l'avais pas vu depuis plus de deux ans. Il a vieilli, mais cela lui va plutôt bien. Ses cheveux ont blanchi par endroits, et il a maigri. Le visage s'est creusé et ridé. Il est venu accompagné de son père. Il porte un costume noir et une chemise blanche. La dernière fois que je l'ai vu habillé comme ça, c'était à l'enterrement de maman. Je retiens mon souffle quand il prête serment à son tour : « Je jure de parler sans haine et sans crainte, de dire toute la vérité, rien que la vérité. » Il dira la vérité, sans crainte. Mais que de haine. Il a tourné la page. Son témoignage est sec et brutal. Pas une once d'émotion dans sa voix. Il n'a pas un regard pour moi. Il délivre d'un ton monotone sa version des faits, celle qu'il s'est construite parce que ça l'arrange. Le président lui reproche presque son attitude. Il comprend sa douleur, mais lui demande s'il n'a pas de doutes, si dans ce procès la justice n'est pas en train de passer à côté de quelque chose. Quelle douleur ? Pourquoi serait-il affligé ? Ce n'est pas son fils qui a été assassiné. Bien sûr il s'était attaché à cet enfant, et il en porterait toujours un peu le deuil. Mais il a fait la part des choses. Il avait aimé une illusion, l'idée de son fils, et, quand il s'était rendu compte qu'il avait été dupé, oui, il s'était forgé une carapace. Il le fallait bien. Il a hésité un temps, puis, sur un ton sans affect il poursuit : « Alors Monsieur le président, je peux vous paraître insensible mais qu'auriez-vous fait à ma place ? » Il livre son interprétation, sa vérité. Sa femme, qui serait bientôt son ex-femme, d'ailleurs, avait commis ce crime dans un accès de fureur, déclenchée par la révélation de ses frasques et de ses mensonges, il n'avait rien à ajouter. Toute forme d'intelligence émotionnelle l'a quitté. Ce n'est plus l'homme que j'aimais. Son visage est empreint de mépris. Il n'a plus pour moi que rejet et voudrait oublier jusqu'à mon existence. Je ne l'en blâme pas, comment le pourrais-je ? Que de ravages, que de gâchis, lui aussi est fracassé. Il a choisi la fuite.

C'est au tour de Camille de l'interroger. Elle se lève, je sais qu'elle a préparé cet interrogatoire avec minutie et beaucoup d'investissement personnel. Elle n'a qu'un objectif en tête. Ranimer la corde sensible, et lui faire dire qu'il ne comprend pas, que ce n'est pas moi, que ce n'est pas possible, que la femme qu'il a aimée aurait été incapable d'un tel geste ; elle a passé des heures à élaborer sa straté- gie. Je lui touche le bras, et je lui demande de se rasseoir. Elle m'interroge du regard, me demande confirmation. Je veux en finir. Qu'il s'en aille. Son histoire se tient, que je sois condamnée et qu'on en finisse. Camille seule a cette empathie qui manque à tout le monde dans cette salle. La sévérité de ma peine dépend de cette confrontation, elle en est sûre. Mais elle comprend que je suis sérieuse, mon désespoir est flagrant. Elle obtempère avec regret et laisse Antoine quitter la barre. Il s'en va. *Il est parti, comme il était venu, sans un mot.* Ses pas résonnent comme les coups du glas qui marque ma condamnation à venir, et le silence qui s'abat sur la cour est pesant comme ce couvercle en fonte qu'Antoine a reposé sur cette histoire.

Je vois une jurée se lever et faire passer un mot au président, qui chausse ses lunettes pour le lire. Il passe le mot à son assesseur de droite, l'homme, puis à celui de gauche, la femme, et ils commencent un conciliabule. La salle demeure silencieuse, suspendue aux prochains mots du président, qui devrait logiquement annoncer la fin des débats et passer la parole à l'avocat général pour son réquisitoire. Mais rien ne se passe comme prévu. Le président prend la parole pour déclarer une interruption de séance, et demande à voir mon avocate. La salle est évacuée, et, sidérée, je suis ramenée en cellule, sans avoir la moindre idée de ce qui se passe.

26

Camille me rejoint une demi-heure plus tard. La jurée qui a passé le mot au président lui a posé une question dérangeante : comment peut-on juger l'acte de cette femme sans savoir avec certitude qui était le père de cet enfant ? Le président s'était fait la même réflexion à la lecture du dossier, maudissant le manque de conscience professionnelle de la juge d'instruction. Elle était certaine de son fait et de sa thèse, mais elle aurait dû en apporter la preuve irréfutable. Peut-être étaient-ce les consignes de restrictions budgétaires qui avaient conduit l'instruction à ne pas demander d'analyse supplémentaire. Toujours est-il que maintenant qu'un juré soulève cette même interrogation, en accord avec ses assesseurs, il estime que l'instruction n'est pas complète et exige un complément d'enquête. C'est son droit. Les délibérations ne seraient pas sereines sans une réponse définitive à cette inconnue. Les débats sont donc suspendus pour une semaine, le temps de pratiquer des tests ADN et une recherche de paternité. Il va falloir exhumer Pierre ? Oui. Tout ça pour ça. Mais je ne veux pas, moi, je refuse qu'on exhume Pierre, et qu'on fasse subir à Antoine un prélèvement, qu'on remue encore ce tas de cendres qui était si près de refroidir. Je veux être condamnée, exilée, qu'on me rase la tête et qu'on m'envoie aux galères. J'ai avoué, je suis coupable, stop, point barre. Camille est désolée, elle ne peut rien faire, le président est souverain et sa décision irrévocable. Les analyses se feront très vite, nous aurons les résultats dans soixante-douze heures, et on lui laisse un délai pour qu'elle puisse ajuster notre défense si ces analyses apportaient des éléments nouveaux.

Je suis raccompagnée à la maison d'arrêt des femmes, et me voici à nouveau seule. Quelle torture, quel gâchis, fermez le ban, une bonne fois pour toutes. Fonctionnaires zélés, foutez-nous la paix ! Je me suis mise toute seule dans cette situation, mais je n'aurais jamais imaginé que l'équation crime égale châtiment puisse être développée avec tant de sophistication et tant de lenteur.

Seule encore, ma machine intérieure à questions se déclenche et je passe la nuit à fantasmer. L'analyse ADN va désigner un père qui n'est pas Antoine. Bon. Jusque-là, pas d'élément nouveau. Ce qui n'était qu'une supposition devient un fait, mais Antoine l'avait déjà intégré, et digéré, au moins en apparence. Soudain, un secret espoir. Et si mon violeur était fiché ? L'analyse ADN le confondrait, et même le plus simplet des représentants du parquet finirait par reconstituer le puzzle. Je ne serais pas innocentée, reste mon crime bien sûr, mais les circonstances atténuantes me donneraient une minuscule chance de sortir libre, contre toute attente, de ce procès. Je vais même jusqu'à me dire que je saurai bien m'infliger mon dû châtiment seule, et que je me retirerai du monde jusqu'à ce que je sois capable de l'affronter à nouveau. L'hypothèse n'est pas absurde. Elle est matérialisée, puis s'évanouit aussi vite. Si mon violeur n'est pas fiché, on retourne à la case départ. Je deviens folle, cette attente est un supplice. Torture mentale, je ne dors plus du tout. J'ai supplié Camille de me faire passer des barbituriques, j'ai besoin de m'assommer et les doses que me donne l'infirmière sont largement insuffisantes. Le flacon qu'elle m'a apporté avant-hier est toujours là, pas de fouille de cellule.

Ce matin, enfin hier matin maintenant, j'ai vu arriver Camille, blême comme jamais, au point que je me suis inquiétée pour sa santé. Elle travaille trop, me suis-je dit. Je n'ai rien vu venir. Elle m'a dit que les résultats de l'analyse ADN lui avaient enfin été communiqués, ainsi qu'à l'avocat général et au président. Elle avait du mal à trouver ses mots, tandis que je lui demandais « alors ? ». Ils étaient formels. Ils avaient été vérifiés, puis revérifiés, ce qui expliquait le délai plus long que ce qui avait été annoncé. Elle m'a demandé de m'asseoir. Pierre était le fils d'Antoine. Comme toujours, il y avait un doute, une marge d'incertitude sur le test, estimée... à 0,01 % !

Le sol s'est dérobé sous mes pieds, le ciel m'est tombé sur la tête et je me suis sentie fissurée, de haut en bas, déchirée comme le serait une feuille de papier avant d'être chiffonnée et jetée dans la corbeille. Camille a continué à me parler, et j'entendais sa voix comme amortie, ses paroles faisaient vibrer mes tympans mais je n'en retenais qu'un mot sur deux. Antoine allait se porter partie civile, forcément. Il le pouvait, légalement, l'avocat général n'ayant pas encore prononcé son réquisitoire. Et alors ? Il pouvait se porter partie civile, la justice des hommes pouvait me condamner à perpétuité, je venais de mourir. Foudroyée. J'avais tué mon fils. Je le savais déjà. Maintenant, j'avais tué le fils d'Antoine. Pierre, mon Pierre. Mon fils, mon bébé, mon petit. Mais comment avais-je pu ? J'avais tué l'amour, la vie, l'espoir, pour une paire d'yeux noirs ? J'étais allée jusqu'à reconnaître les contours du visage de mon violeur sur un nourrisson de huit mois ? *Comme tu lui ressembles…* Pauvre folle ! Depuis cette nuit maudite et ce foutu tunnel, j'avais agi en dépit du bon sens, pour préserver mon image.

La réalité crue était là. Il y avait eu un miracle, comme il en arrive si peu, un miracle, comme si le ciel avait voulu se faire pardonner de m'avoir laissée seule aux prises avec un maniaque un soir d'hiver. Il faut croire aux miracles. Mais non, moi, Claire, j'ai décidé que j'avais raison, toujours, envers et contre tout, contre tous, parce que je me suis crue plus forte que tout le monde.

Et dire qu'un simple test aurait confirmé la paternité d'Antoine, ainsi probablement que la mutation génétique de l'un de nous deux, pour expliquer les yeux noirs de Pierre.

Mais non. Pas de test. Surtout pas de test. Péché d'orgueil. Puisque je sais tout sur tout et que j'ai toujours une solution, quelle que soit la situation.

Et Antoine ? Il n'aurait pas pu le faire, ce test, au lieu de l'exiger ? Ce n'était pas compliqué pourtant de prendre un cheveu de Pierre. Mais non. Il fallait qu'il me fasse plier, il fallait que je lui avoue, que je me couvre la tête de cendres, que j'enfile ma robe de bure et que je le supplie de me pardonner. Mâle alpha. Et merde. S'il avait été moins fier lui aussi…

Ah non. Plus de si. J'arrête. Assez d'excuses. Assez de faux-semblants. Ce n'est pas la faute d'Antoine. Assez de justifications.

J'ai tué Pierre.

Je suis coupable et je me refuse toute circonstance atténuante.

Le procès reprend ce matin. On viendra me réveiller à 7 heures, avec l'ouverture électronique de la gâche de ma porte close.

Je me condamne, à l'unanimité.

Désolée, monsieur le président, votre marteau ne vous sert plus à rien. Vous pouvez ranger votre belle robe, jusqu'au prochain procès.

Désolée, mesdames et messieurs les jurés, je n'ai pas besoin de votre délibéré. Je vous ai fait perdre votre temps. Je me fiche de votre avis sur ma culpabilité, sur la préméditation éventuelle, sur les circonstances atténuantes et sur la peine que vous voulez m'infliger.

Je me condamne, toute seule.

Je me condamne à mort.

Il est 6 heures.

Il est temps.

J'attrape le flacon, et je dévisse le compte-gouttes. Jamais plus de quinze gouttes en une fois, m'a dit Camille. Je bois tout le flacon, au goulot, jusqu'à la dernière goutte. Combien il peut contenir de gouttes, ce flacon ? Je n'en ai pas la moindre idée… Je prendrais bien un verre de rhum.

Je ne veux courir aucun risque. Je vais mettre la housse en plastique de ma nouvelle tenue sur ma tête avant de m'endormir. Je ne veux plus qu'on me réveille, jamais. Je n'ai pas peur de la mort. Et puis à quoi sert d'avoir peur, maintenant ?

Je sens le sommeil me gagner. Une dernière berceuse.

Sing me to sleep, and then leave me alone. Don't try to wake me in the morning 'cause I will be gone. Don't feel bad for me, I want you to know deep in the cell of my heart, I will feel so glad to go.

Antoine, pardon.

Mon Pierre, si tu savais comme je t'ai aimé.

This is the end.

Claire
26 juin 2014

Remerciements

Merci à mes bêta-lectrices, Caroline, Laurence, Françoise, Georgia, Meriem, Odile et Claire, pour leur enthousiasme, leurs critiques, leurs encouragements, et pour m'avoir aidé à me glisser dans la peau d'une femme.

Merci à Guillaume, avocat à la cour, de m'avoir enseigné les arcanes des procédures judiciaires et évité à Camille d'être à jamais radiée du barreau.

Merci à Marie, pour son indéfectible soutien.

Enfin, merci Martine, pour votre confiance, vos conseils et vos coupes claires, en espérant que ce ne soit que le début !

Crédits

Les titres ou extraits de chanson qui peuplent la solitude de Claire proviennent des chansons interprétées par les artistes suivants, que je remercie pour les vivants et à qui je rends hommage pour les disparus.

Claude François, *17 ans, Best of Claude François*, © 2008 WEA.

Barbara, *La solitude, Le mal de vivre*, 1964 Philips, © 2007 Mercury.

Clarika, *Bien mérité, Moi en mieux*, © 2009 Mercury.

Yves Duteil, *Prendre un enfant par la main, Tarentelle*, © 1977 EMI.

Jean-Louis Aubert, *Alter ego, Alter ego*, © 2001 La Loupe, licence exclusive Parlophone Music.

Jeanne Cherhal, *Un trait danger, Jeanne Cherha*l, © 2002 Tôt ou Tard VF Musique.

Claude François, *Si j'avais un marteau, Best of Claude François*, © 2007 Mercury Music Group.

Michel Jonasz, *Les odeurs d'*éther, *3ème*, © 1977 WEA.

Eurythmics, *The Miracle of Love, Revenge*, © 2005 Sony BMG Entertainment Gmbh.

Madonna, *Papa don't preach, True Blue*, © 1986 Warner Bros records Inc.

France Gall, *Comment lui dire, France Gall*, © 2004 WEA Music.

Teri Moïse, *Je serai là, Teri Moïse*, © 1996 Parlophone Music France.

Michel Fugain, *Une belle histoire, Fais comme l'oiseau*, © 1972 Sony Music France.

The Beatles, *Lucy in the Sky with Diamonds, Sgt Pepper's lonely heart club band*, © 2009 EMI.

Renaud, *Chanson pour Pierrot, Ma gonzesse*, © 1985 Polydor.

Claude Nougaro, *Le cinéma, Best of Claude Nougaro*, © 2004 Mercury Music Group.

Serge Gainsbourg, *Je suis venu te dire que je m'en vais, Vu de l'extérieur*, © 2001 Mercury Music Group.

Henri Salvador, *Une chanson douce, Une chanson douce*, © 2004 Sony Music Entertainment.

Elton John, *Blue Eyes, Jump Up*, © 1982 Mercury Records Ltd.

Claude Nougaro, *Une petite fille, Cécile ma fille*, © 2009 Mercury Music Group.

Jacques Brel, *Ces gens-là, Jacques Brel*, © 2000 Barclay.

Michel Jonasz, *J'veux pas que tu t'en ailles, 3ème*, © 1977 WEA.

Eddy Mitchell, *Couleur Menthe à l'eau, Happy Birthday*, © 1997 Polydor.

Jacques Higelin, *Pars, No man's land*, © 1978 Parlophone.

Daniel Balavoine, *Mon fils ma bataille, Un autre monde*, © 1984 Barclay.

Charlélie Couture, *Partie sans rien dire, Quoi Faire*, © 1982 Island records.

Bertignac et les Visiteurs, *Bertignac et les Visiteurs*, © 1987 Parlophone Music France.

Barbara, *Le mal de vivre, Voyageuse*, © 1999 Mercury.

Françoise Hardy, *J'écoute de la musique saoule, J'écoute de la musique saoule*, © 1994 Parlophone Music.

Charles Aznavour, *Mais c'était hier, Voilà que tu reviens*, © 1976 Universal Music.

Serge Gainsbourg et Catherine Deneuve, *Dieu est un fumeur de havanes*, © 1980 Philips.

Carole Fredericks – Jean-Jacques Goldman & Michael Jones, *Juste après, Rouge*, © 1993 Sony Music Entertainment.

Léo Ferré, *Avec le temps, Léo chante Ferré*, © 2003 Barclay.

Étienne Daho, *Des attractions désastres, Paris ailleurs*, © 1991 Parlophone Music.

Jacques Brel, *Le dernier repas, Infiniment*, © 2003 Barclay.

Cookie Dingler, *Femme libérée*, © 1984 EMI .

Simon and Garfunkel, *The Sound of Silence, The Graduate*, © 1968 Sony Music Entertainment.

Johnny Hallyday, *Le pénitencier, Le pénitencier*, © 1964 Philips.

Renaud, *Miss Maggie, Mistral gagnant*, © 1985 Ceci Cela licence exclusive Parlophone Music France.

Bénabar, *4 murs et un toit, Reprise des négociations*, © 2005 Sony BMG Music Entertainment.

Lucid Beausonge, *Lettre à un rêveur, Africaine*, © 1981 RCA.

Michel Berger, *Quelques mots d'amour*, Beauséjour, © 1980 WEA Music.

Serge Reggiani, *Ma solitude, Reggiani*, © 2000 Polydor.

Barbara, Drouot, *L'aigle noir*, © 1961 Mercury.

Yves Montand, *Les feuilles mortes, Montand chante Prévert*, © 1962 Mercury Music Group.

Véronique Sanson, *Toute une vie sans te voir*, 7ème, © 1979 WEA Filipacchi Music.

Serge Reggiani, *Le petit garcon, Reggiani*, © 2000 Polydor.

The Smiths, Asleep, *Louder than bombs*, © 1987 Rhino UK, a division of Warner Music UK Ltd.

The Doors, *The End, The Doors*, © 1967 Elektra Records marketed by Rhino Entertainment Company, Warner Music Group Company.

RÉALISATION : NORD COMPO À VILLENEUVE-D'ASCQ
IMPRESSION : CPI FRANCE
DÉPÔT LÉGAL : JANVIER 2017. N° 131413 (3020281)
IMPRIMÉ EN FRANCE